人狐一家親 8

京城狐狸的寶物

富安陽子 著
大庭賢哉 繪　王蘊潔 譯

晨星出版

目錄

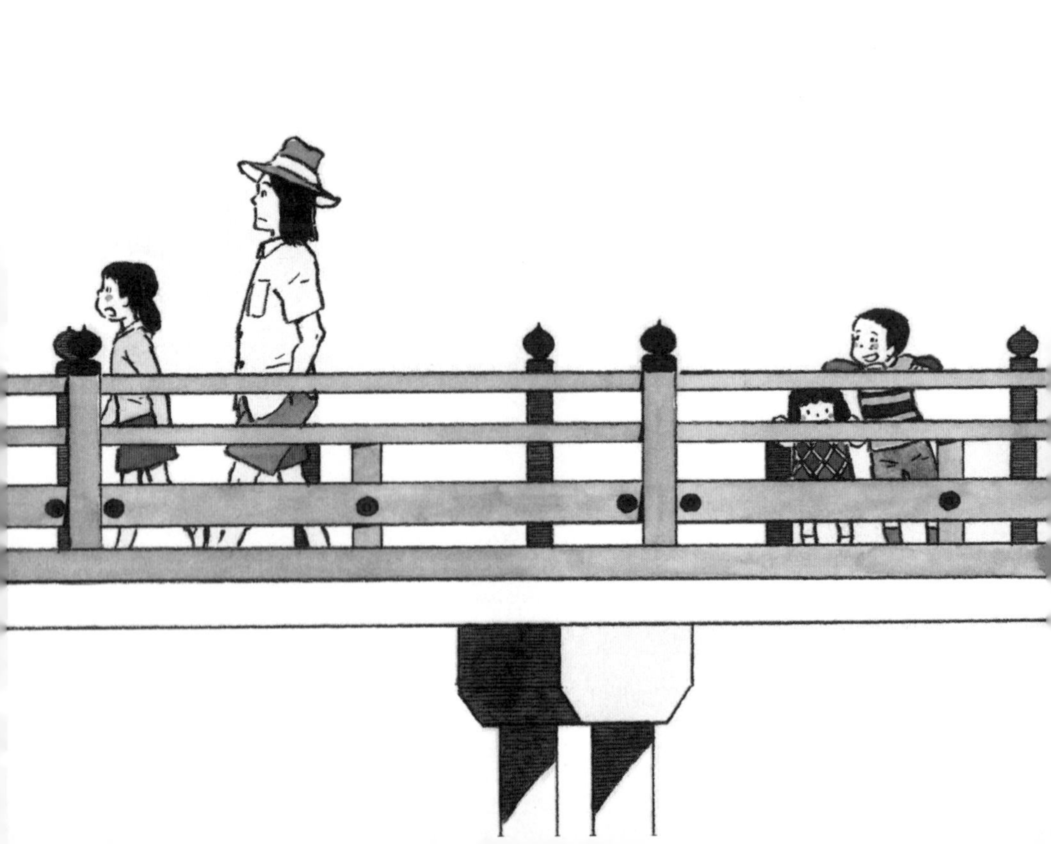

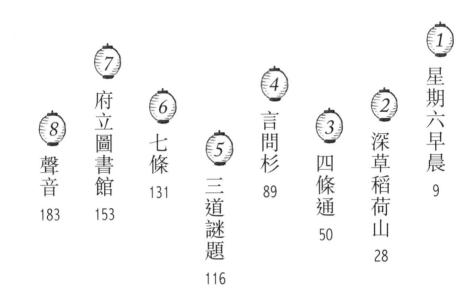

人狐一家親 8
CONTENTS

登場人物介紹

●信田結（小結）……信田家的長女，小學五年級學生，具備了可以聽到風之語能力的「順風耳」。

●信田匠（小匠）……小結的弟弟，目前是小學三年級學生，具有可以看透過去和未來的「時光眼」。

●信田萌（小萌）……家中的小女兒，具有可以傳達人類以外動物語言的「魂寄口」。

●信田幸（媽媽‧阿幸）……不顧狐狸家族的反對，堅持和人類爸爸結婚的可靠媽媽。

●信田一（爸爸‧阿一）……大學的植物學教授，個性開朗溫柔，成為狐狸家族頭痛的原因。

●夜叉丸（夜叉丸舅舅）……媽媽的哥哥，自尊心很強，卻又吊兒郎當。是狐狸家族內的麻煩人物。

●季（小季）……媽媽的妹妹，變身高手。聽到小結他們叫她阿姨，就會不高興。

家族關係圖

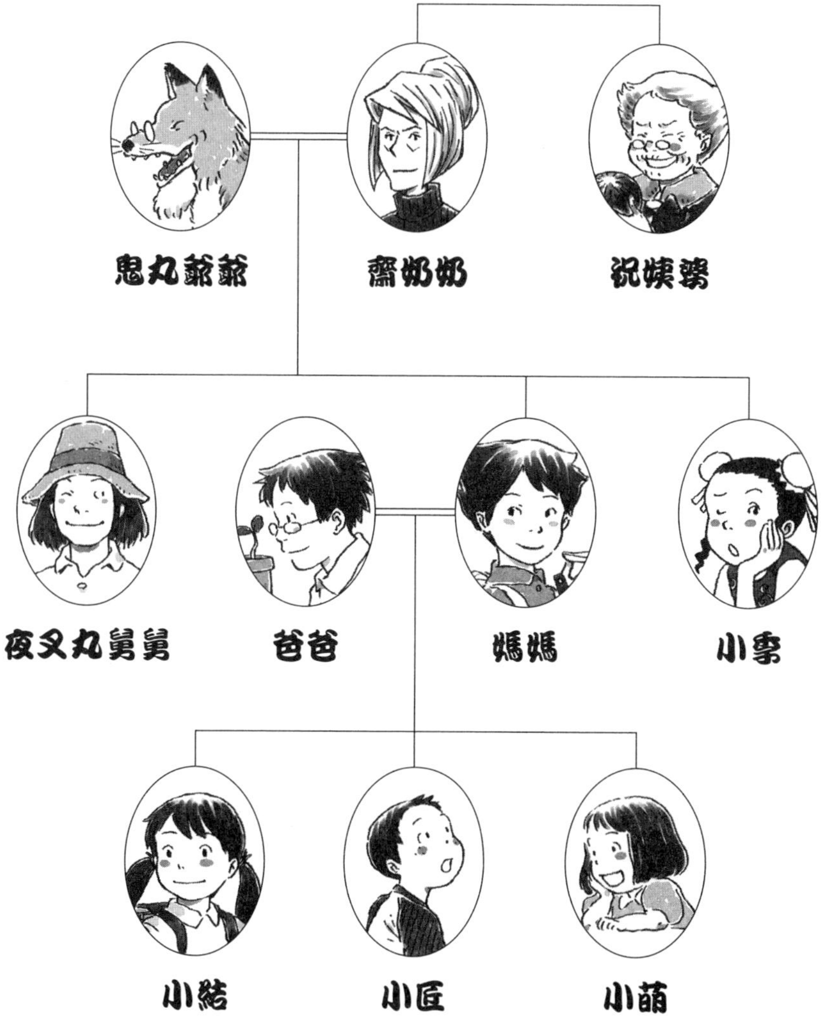

1 星期六早晨

充滿夏日氣息的風吹撫過大街小巷，小結家公寓的坡道兩旁種的櫻花樹，也在藍天下長滿了新綠的嫩葉。

五月的連續假期即將開始，但星期六一大清早，爸爸和媽媽就匆匆忙忙地準備趕去爸爸的老家。因為星期五深夜，爸爸的爸爸打電話來家裡。

「我摔斷了腿，現在住在市民醫院，請你趕快過來醫院。」爺爺在電話中對爸爸這麼說。

爺爺似乎是用醫院的公用電話打了那通電話，爸爸還來不及問他詳細的情況，電話就掛斷了。爸爸試圖聯絡奶奶，但打電話回老家時，沒有人接聽電話。爸爸的爸爸、媽媽都沒有手機，所以根本無法聯絡到他們。

「為什麼是摔斷腿的人打電話來？我媽去了哪裡？」

爸爸歪著頭感到納悶，於是決定星期六和媽媽一起搭大清早的電車，趕去醫院探視爺爺。

「傷勢很嚴重嗎？」

小結擔心地問，爸爸再次歪著頭回答說：

「嗯……，我也不太清楚。既然能夠打電話給我，照理說應該不會有太大的問題……。總之，一旦瞭解情況，就會馬上打電話告訴你們。」

站在爸爸身旁的媽媽說：

「如果有什麼狀況，妳也要馬上打我的手機。如果在醫院，可能沒辦法馬上接電話，但只要看到妳的未接來電，我一定會回電話給妳。玄關的門也要記得鎖好。」

「媽媽，妳不用擔心。」

小結笑著對媽媽說，希望媽媽可以放心。

「你們放心吧，我們會好好看家，而且小季也會來家裡陪我們。」

「這就是我擔心的原因。」

媽媽皺起眉頭說：

「因為小季這個人做事馬虎。」

「但至少比找夜叉丸哥哥來照顧幾個孩子放心多了，不是嗎？」

爸爸安慰媽媽，小匠立刻在一旁插嘴說：

「我想要夜叉丸舅舅來陪我們！現在還來得及拜託舅舅嗎？你們找舅舅來陪我們嘛！」

小結和爸爸、媽媽同時露出責備的眼神瞪著小匠，他立刻收回了自己提出的要求。

「還是算了，小季就小季吧。」

季阿姨和夜叉丸舅舅是媽媽在狐狸族的兄妹，季阿姨是媽媽的妹妹，夜叉丸舅舅是媽媽的哥哥，所以是小結他們的舅舅和阿姨。

但是，夜丸丸舅舅是愛吹牛的自稱冒險家，個性也吊兒郎當，總是為小結他們家帶來各種災難的種子。

季阿姨每次聽到小結他們叫她「阿姨」，就會很生氣，所以現在都叫她「小季」。小季是變身高手，很愛打扮，性情多變……。雖然小季稍微比夜叉丸舅舅好一點，但這對兄妹都很難說可以放心請他們協助看家的理想人物……不，是理想狐狸才對。

媽媽想到自己的哥哥和妹妹都不可靠，露出擔心的表情，小結再次用開朗的聲音向媽媽保證：

「沒問題，沒問題，接下來的事就交給我吧。媽媽不用擔心。爸爸、媽媽，你們就好好照顧爺爺，代我們向爺爺、奶奶問好。」

爸爸和媽媽很擔心爺爺的身體，交代小結他們好好看家後，就走出了家門。

媽媽他們出發後不久，小匠說：「我去公園玩，中午就回來。」然後就去住家旁邊的公園玩了。

小結看著正坐在客廳沙發上看動畫DVD的小萌，自己坐在廚房的桌子上寫算數習題的功課。

「姊姊！妳看！好小喲！有兩個小小的！」

小結沒有理會小萌說的話，也沒有看電視上正在播放的DVD影片，想要專心計算比例的數學題。

「啊！跑去那裡了！妳看，小小的跑去那裡了！」

「小萌，妳不用把動畫實況轉播給我聽，妳自己看就好了。姊姊正在寫功課。」

「哇！好大喲！大大的出來了！」

小萌的叫聲和計算比例的數學題在小結的腦袋裡混在一起。

「哇！跑到肚子上去了。好大的肚子……」

原本三十分鐘就可以寫完的習題，過了一個小時還沒有寫完。當小結終於寫完最後一題時，一看時鐘，已經快十一點了。

小萌看到小結正在整理桌子，對她說：

「肚子好餓。」

今天為了配合一大早就出門的爸爸、媽媽，比平時的星期六更早吃早餐，小結的肚子也從剛才就一直咕咕叫個不停。早一點吃午餐也沒問題。今天中午，他們三個人要一起吃速食的拉麵。

「那我們去叫小匠回來。他回來之後，我們就一起吃午餐。」

「去叫哥哥！去叫哥哥！」

小萌在沙發上蹦蹦跳跳歡呼起來，似乎完全不在意動畫的劇情正進入高潮。

小結關掉了DVD的開關，關上了電視，和小萌一起出門去公園叫小匠回家吃飯。

鎖好門後，來到走廊上，一陣初夏的風吹來，好像在迎接她們。雖然小結很擔心爺爺，但仍然有一種興奮的感覺。每次感覺到夏天的腳步靠近時，她的內心深處總有一種心癢癢的、坐立難安的感覺。

「啊啊，好香啊，是夏天快要來臨的味道……」

小結用力吸著風中樹木的嫩葉、青草和花香，忍不住嘀咕道。

戶外是晴朗的好天氣。

名為「兒童廣場」的公園就在小結家附近，廣場很小，幾乎稱不上是公園。廣場內的沙坑和單槓旁有木頭長椅，社區的小朋友平時都會聚集在那裡玩。只要來到兒童廣場，就可以遇到朋友一起聊天或是玩撲克牌，所以小匠覺得無聊的時候，就想出門來這裡玩。

但是小結和小萌向兒童廣場內張望，發現那裡根本沒有其他人，小匠獨自在空蕩蕩的廣場內徘徊。

「小匠！」

小結叫了一聲，小匠嚇了一跳，抬頭看了過來。

「你在幹嘛？其他朋友呢？」

小結問，小匠吞吞吐吐地回答說：

「呃……小敦剛才回家了，他說今天要出門買東西。」

「那你在這幹嘛？既然其他朋友都回家了，你也該回家了啊。」

小結心想，如果小匠自己回家，就不必特地出門來找他了……。

「姊姊，妳們來這裡幹嘛？」

小結聽了小匠的問題，忍不住火大了。

「我們來這裡幹嘛？當然是來叫你啊。今天很早就吃完早餐了，我和小萌都餓死了，我現在要煮拉麵，你趕快回家。」

「呃……。可以等一下……我找一下東西再回家，可以嗎？」

「找東西？」

小結語帶懷疑地問。小匠在小結的注視下，慌忙移開視線，努力想要掩飾。

「你要找什麼？」

小結追問。

「腳踏車鑰匙……」

小匠小聲招認了。

「什麼?!你又弄丟了腳踏車鑰匙?!」

小結立刻瞪大了眼睛。

「你上次不是才弄丟嗎?所以這次是把備用鑰匙也弄丟了嗎?那根本沒鑰匙了啊,這下子該怎麼辦?」

「所以我才在找啊,如果找不到就慘了。」

「你來社區的公園玩,為什麼要把腳踏車的鑰匙帶在身上?」

「我把鑰匙放在昨天穿的褲子口袋裡沒拿出來,剛才和小敦一起玩的時候,我才發現『啊,鑰匙還放在口袋裡沒拿出來』,然後剛才準備回家時,把手伸進口袋一摸,發現鑰匙不見了……。所以現在正在找鑰匙。」

「小萌也要找!小萌也要幫哥哥找腳踏車鑰匙。」

小萌不知道為什麼,突然興奮地說要幫忙。

「你是在哪裡掉的?是在這個公園內嗎?」

小結問，小匠東張西望後點了點頭說：

「嗯，因為我沒有去其他地方，絕對就是在公園掉的。」

「你剛才在哪裡玩？你和小敦玩了什麼？」

小結也東張西望，一起找腳踏車的鑰匙。

「尋寶遊戲！尋寶遊戲！」

小萌不知道誤會了什麼，興奮地向公園角落的樹叢後方張望。

「我們在沙坑做泥巴球，然後坐在長椅上玩撲克牌，然後，嗯……。啊！單槓。小敦說他不會連續翻身上槓，我就示範給他看……」

小匠似乎想起了鑰匙掉在哪裡，跑去單槓下方。

「啊！找到了！」

小匠開心地叫了起來，小結的注意力被小匠吸引。就在這時。

「啊！」她聽到小萌的尖叫聲。

小結大吃一驚，轉頭一看，心臟差點停止跳動。

因為她看到有人把小萌的身體橫抱起來，逃出了公園。小結看到那個人抱著小萌，全速轉過公寓的轉角。

「小萌！」

小結大叫起來。

「別跑！」

小匠拔腿去追小萌。小結完全搞不清楚發生了什麼事，也跟著跑了起來。加速的心跳讓她的手腳拚命動了起來。

怎麼辦！怎麼辦!!怎麼辦!!!

小結終於瞭解眼前發生了什麼事，不安的感覺在腦袋中產生了巨大的回音。

小萌被人綁架了！小萌被人綁架了!!小萌被人綁架了!!!

小匠和小結幾乎同時跑過公寓的轉角，來到公寓後方。公寓周圍的散步道通往後山。

星期六中午，通往後山的路上沒有人。

那個抱著小萌的傢伙在小結和小匠前方，跑向後山的方向。

可以追上他！小結心想。

「小萌！」

小結再次叫了一聲，用力衝刺起來。小結縮短了和那個傢伙之間的距離。那個男人體格很壯碩，頭上戴了一頂大帽子。

咦？

小結邊跑，邊倒吸了一口氣。

大帽子？

小結覺得那個背影似乎有點熟悉。

這時，小萌又叫了起來。

「啊！救命啊！」

小萌的尖叫聲聽起來明顯樂在其中。

男人在進入後山的路口停下了腳步。

小結和小匠也在離那個人一公尺的地方急煞車停了下來。

那個人抱著小萌，轉身面對他們。

「夜叉丸舅舅!!」

小結和小匠同時大叫起來。

「你們不要過來。」

夜叉丸舅舅用嚴厲的聲音對小結和小匠說。

「如果你們過來，我就把你們的妹妹……呃，我就要搔她癢。」

小萌在舅舅的手上大笑著，踢著腳說：

「搔我癢！搔我癢！夜叉丸舅舅，趕快搔我癢嘛！」

「舅舅，你不要亂開玩笑了！」

小結大聲說道。夜叉丸舅舅愣住了，然後露出一臉傷腦筋的表情，心神不寧地說：

「……不，我沒有開玩笑。因為有一些複雜的原因，不好意思，小萌借我一下。」

「什麼複雜的原因？」小結很受不了地問。

「不能告訴你們。」

舅舅故弄玄虛地搖了搖頭，又再次叮嚀說：

「不要過來，你們不可以跟過來，知道了嗎？」

下一剎那，他轉身背對著小結他們，準備跑去山上。

「不行！把小萌還給我們！」

「舅舅，你要去哪裡？」

小結和小匠完全不理會夜叉丸舅舅的警告，從兩側抓住了舅舅抱著小萌的手臂。

「啊……喂！不行啦！放開我！我不是說了你們不可以跟過來嗎？」

夜叉丸舅舅抱著小萌，小結和小匠從兩側抓住了舅舅的雙臂，所有人都抱成一團，跨越了社區的界線，踏進了山裡。

在跨越界線的瞬間，可以清楚感受到周圍的世界用力扭動。風景、空氣、風和光都扭曲起來，渾身有一種奇怪的感覺，好像穿越了一道肉眼看不見的牆。

但是那種感覺只維持了短暫的瞬間。小結回過神時，發現自己站在一個陌生的地方。

「喂……，你們怎麼可以跟過來……？」

夜叉丸舅舅嘀嘀咕咕地抱怨，把抱在手上的小萌放了下來。

「這裡……是哪裡？」

小匠目瞪口呆地打量周圍問道。小結也緊緊握住了小萌的手，警覺地看著四周。

這裡是一片樹木，很深、很大的樹木。樹木鬱鬱蒼蒼，樹梢的嫩葉被初夏的風吹得微微晃動。但是，這裡並不是公寓的後山，小結從來沒有看過這片樹林。

「這裡是哪裡？」

小結也忍不住問了和小匠相同的問題。夜叉丸舅舅用力嘆了一口氣後開了。

「這裡是深草稻荷山。」

「稻荷山？」

小匠反問道。

「這裡是……狐狸的山上世界嗎？我們又闖進狐狸的世界嗎？」

「不，」夜叉丸舅舅搖著頭說：「並不是。這裡不是狐狸的世界，而是如假包換的人類世界，只是離你們住的地方很遠。這裡是京都，是京都市伏見區，我們正在伏見稻荷大社東側的山上。」

「京都？」

小結難以置信地再次打量著周圍寂靜的樹林。

「真傷腦筋……」

夜叉丸舅舅小聲嘀咕。

2 深草稻荷山

「到底是怎麼回事？為什麼要帶我們來這種地方？」

小結問道，夜叉丸舅舅露出生氣的表情說：

「喂！我們來把話說清楚。我並沒有把你們帶來這裡，是你們自己跟我來這裡的，我明明叫你們『不要過來』……」

「但是，你打算把小萌帶走……」

小結反駁道。

「我們怎麼可能眼睜睜地看著你把小萌擄走？」

「妳在說什麼啊！」

舅舅怒氣沖沖地說：

「妳把我說得好像是綁匪！我只是暫時借小萌一下……。只是借用一下小萌的能力而已，我平時這麼照顧你們這幾個外甥和外甥女，當我說想要找你們幫忙，你們身為我的外甥，不是應該欣然助我一臂之力嗎？」

「但是，舅舅，你沒有照顧我啊。」

小萌難得一針見血地吐槽。一旁的小匠問：

「舅舅，你為什麼想要借用小萌的能力？我覺得小萌根本幫不上什麼忙……」

小萌也一臉驚訝地抬頭看著夜叉丸舅舅。

舅舅想要說什麼，但又把話吞了下去，用力搖著頭說：

「我不能告訴你們。」

「這不重要，總之，讓我們回家，小萌不能借給你。」

「這……不行。」

夜叉丸隔著大帽子抓著頭。

「事情沒這麼簡單，你們家的後山，和這裡深草稻荷山之間的時空隧道，就像是獲得特別許可才能通行的臨時道路，只能通行一次，所以，如果想要回去，還需要重新申請通行……」

「向誰申請通行？」

小結正打算逼問，發現周圍明明沒有風，樹林深處的樹木搖晃起來。所有人都大吃一驚，轉頭看向那個方向，發現一個矮小的老爺爺飄然從茂密的馬醉木樹叢後方走了過來。

突然出現的爺爺讓小結大吃一驚，但仍然忍不住被那個老爺爺氣度不凡的長相，和很有品味的裝扮吸引。他穿了一件白色馬球衫，下面是一件格子長褲，頭頂上的獵帽和馬球衫外的背心都是胭脂色，手上拿了一根握把部分彎曲的大拐杖。他看起來就像是正在散步的英國紳士，正緩緩向他們走來。

「夜叉丸，你說的可靠幫手就是這幾個孩子嗎？」

那個老爺爺用優雅的京都腔問夜叉丸。他們似乎認識。

「啊……。呃……。是……」

夜叉丸舅舅驚慌失措地開口。一旁的小結忍不住倒吸了一口氣。

這個爺爺……不是人類……

小結的順風耳明確告訴她這件事。和人類不同的感覺、和人類不一樣的氣味……。小結從狐狸族繼承了順風耳的能力，所以能夠捕捉風帶來的氣味、聲音和感覺。

這個人是狐狸，是狐狸變身的……

小結握住小萌的手忍不住用力，小萌驚訝地抬頭看著小結。

那個老爺爺兩道白色濃眉下的眼睛看向他們三個小孩，然後臉部

中央的鼻子抽動起來，用狐狸的方式嗅聞著氣味。這個動作更加證明了他並不是人類。

「喔，喔。」

老爺爺嗅聞了一陣子後，似乎終於搞清楚狀況，點了點頭說：

「的確不是普通的人類小孩。狐狸？……不，也有人類的味道，該不會是混血兒？原來如此，狐狸和人類生的孩子經常具備了很強的能力，所以你才找他們來幫忙嗎？這幾個小孩到底有什麼能力？」

「對……」夜叉丸舅舅開了口，「總之，這三個孩子是狐狸和人類之間生下的小孩，最大的姊姊具有『順風耳』的能力，老二的弟弟具有『時光眼』的能力，最小的妹妹具有『魂寄口』的能力。」

「喔喔喔，這真是太厲害了。」

老爺爺瞇起眼睛，目不轉睛地打量著他們，小結和小匠不安地互看了一眼。

「但是……」老爺爺說：「你原本不是說，只找一名幫手嗎？我記得你當時說『我想找一名幫手……』」

老爺爺注視夜叉丸舅舅的眼神很銳利。

夜叉丸舅舅慌張起來。

「對，沒錯。我的確這麼說，但是後來又覺得比起一個人，三個人可以發揮更大的作用。俗話不是說『三個臭皮匠，勝過一個諸葛亮』嗎？」

「三個人……但是連你在內，不是四個人嗎？還多了一個人。」

老爺爺泰然自若地說完後，微微歪著頭，似乎在思考。

「真是傷腦筋啊，因為你當初說找一名幫手，所以我只準備了兩張京城狐洞的通行證，而且今天是稻荷祭的最後一天，京城狐狸都忙翻了天。更何況今天傍晚，在京城內繞行的神轎會回到伏見稻荷，現在該怎麼辦呢？」

這個老爺爺到底在說什麼？小結忍不住納悶。**幫手是什麼？京城狐洞又是什麼？通行證又是怎麼回事？**

這時，舅舅拍了一下手說：

「我想到了。既然這樣，就請小狐丸和我們同行。只要有了小狐丸，任何狐洞都可以暢通無阻。」

老爺爺似乎對舅舅想到的好主意感到很高興，發出了「喝、喝、喝、喝」的笑聲。

他邊笑邊把右手伸進了長褲的口袋，好像變魔術一樣，從口袋裡拿出一根細長的東西，只是他的動作太快了，小結完全無法看清楚那是什麼。但是，當老爺爺把從口袋裡的東西丟到小結他們面前時，立刻變成了一個小男孩。

小結、小匠、小萌和夜叉丸舅舅都大吃一驚，忍不住「啊！」地叫了起來。老爺爺瞇起眼睛，用眼角看著他們說：

「他就是小狐丸，就讓他陪你們同行。只要有他在，就可以自由出入京城的狐洞。」

小結和其他人聽著老爺爺說的話，仔細打量著眼前這個男孩。男孩的年紀比小萌稍微大一點，看起來像小學一、二年級，但是，他和普通的小學生完全不一樣。首先是服裝，他的服裝很古典，也很古怪。

他在白色衣服外穿了一件未上膠的布衣「水干」[1]，下面穿了一件紫色裙褲，頭髮是好像頭上頂了兩個髮環的稚兒髻。……他看起來就像是牛若丸在五條大橋上遇見弁慶時的樣子[2]。

1 水干，日本古代服飾的一種。多見於一般平民的日常服。
2 牛若丸與弁慶，日本古代傳奇英雄源義經幼時名為牛若丸，在五條大橋上遇見愛比武收下輸家武士刀的武僧弁慶，當時武僧已獲取999把刀，身軀纖瘦的牛若丸以柔克剛，讓弁慶甘拜下風並從今而後追隨牛若丸，成為忠心的家臣。

夜叉丸舅舅驚訝不已地看著那個男孩，一臉懷疑地歪著頭說：

「呃……但是，如果帶著他在街上走來走去，未免太引人注目，會成為眾人矚目的焦點。」

「喝、喝、喝、喝。」老爺爺笑了起來，「不必擔心，因為人類看不見小狐丸。」

「啊？」

小結他們四個人都驚訝得面面相覷，然後又瞪大了眼睛，目不轉睛地打量著名叫小狐丸的奇妙男孩。小結的確可以看到一身牛若丸裝扮的小男孩，但是，人類看不見他……如果是這樣，難道是因為小結是狐狸和人類的混血兒，所以才能夠看到那個男孩嗎？小匠和小萌也都沒有吭氣，默默注視著小狐丸。

小結悄悄豎起了順風耳，驚訝地發現，老爺爺說的沒錯，這個男孩身上完全沒有人類小孩的氣味，不僅如此，在男孩身上感受不到任何氣味。

既感受不到他的氣味，也感覺不到他的體溫，和狐狸變成人形的夜叉丸舅舅、老爺爺都不一樣。小男孩完完全全沒有任何氣味，簡直就像幻影……。

「這孩子，他到底是誰啊？」

夜叉丸舅舅膽怯地問了小結很想問的問題，老爺爺笑了笑說：

「你不需要知道這件事。」

老爺爺一本正經地冷冷回答。

「總之，小狐丸一定可以幫你們的忙。在京都這個城市，無論去哪裡，穿越狐洞前往，速度會快很多。」

「狐洞是什麼？」

一旁的小匠問。老爺爺露出不耐煩的表情瞥了小匠一眼，然後一臉無奈地開始說明：

「狐洞就是我們京城狐狸一族在京都這個城市打造的時空隧道。我們原本住在伏見稻荷後方深草稻荷山的這一帶，很久很久以前，人類在京都建造了平安京這個京城，這座山離平安京很遠，於是，山上的狐狸就打造了連結這座山和京城之間的第一個狐洞。之後，伏見山上的狐狸就可以穿越那個狐洞，自由地前往京城。也就是說，平安京的京城是伏見山狐狸的地盤，所以大家都稱我們是『京城狐狸』。」

老爺爺說到「京城狐狸」這幾個字時，臉上露出了自豪的表情。

老爺爺又繼續說了下去。

「那次之後，又陸續打造了通往京城各地的狐洞，如今，原本是平安京京城領域的內側，和外側的京都市區，都有像漁網般密密麻麻無數狐洞，但是，只有我們京城狐狸可以在狐洞自由通行。外人必須有相當於通行許可證的『稻荷山手形』，才能夠出入狐洞。但是，只要有小狐丸陪同，即使沒有通行證，也可以自由地在狐洞通行。

除此以外，和小狐丸在一起，還有另外一大益處。」

老爺爺停頓了一下，看著小結他們四個人。

「只要和他在一起，就不必擔心『非人會靠近你們。』

「你說的『非人』，就是指人類以外的一切嗎？」小結問。

「是狐狸變成的人嗎？」小匠也插嘴問。

老爺爺的臉上露出了意味深長的笑容說：

「不光是狐狸，看來你們並不瞭解京都。京都是一個魑魅魍魎和怨靈聚集的地方，許多死了之後，已經失去肉身的鬼魂仍然不願離開京都，也不想去另一個世界，所以就一直徘徊在這個地方。一百年、兩百年、三百年……甚至可能超過一千年。越是資歷深的鬼魂，即使已經沒有肉體，仍然可以胡作非為，甚至有的鬼魂可以比我們狐狸更擅長變身，只要一有機會，就會靠近人類。」

老爺爺說完，一臉快活地看著三個小孩子的臉說：

「你們要格外小心，因為他們可能會覺得你們身上流著不是人類的血液，所以認為你們是同類而靠近你們。他們隨時都在尋找可以附身的對象。因為他們自己沒有身體，如果認為你們是同類，就會附身在你們身上，所以你們要小心，千萬別讓他們附了身。」

小結看著老爺爺笑嘻嘻的臉，感到背脊發冷。老爺爺不理會她的反應，繼續說了下去。

「話說回來，幸好目前是稻荷祭期間，稻荷大神在這兩個星期會下山，停留在京都市區。大神在市區的這段期間，那些怨靈和魑魅魍魎當然不敢造次，所以現在都躲在暗處屏息斂氣。今天傍晚四點，大神的神轎回到山上前，可以暫時放心。但是，凡事還是小心為妙。」

京城狐狸的老爺爺一臉嚴肅地再次叮嚀小結、小匠和小萌。

「你們聽好了，小狐丸是帶路人兼保鑣，千萬不要離開他。萬一怨靈和魑魅魍魎想對你們不利，只要有小狐丸在旁邊，就可以化險為夷。但是，如果離開了他，就無法保證安全了。」

小結再次感到毛骨悚然，忍不住和小匠互看了一眼。小萌也不安地把身體緊緊靠在小結身上。

「呃……但是……」

小結好不容易回過神，對那個老爺爺說：

「我們來京都並不是有什麼事……，其實我們根本沒有要來京都，比起派保鑣保護我們……，如果可以的話，我們想回家……」

老爺爺瞇起眼睛，看著小狐丸。

「小狐丸，那就交給你了。」

老爺爺說完這句話就消失了。

他就這樣從小結他們的眼前消失了，只有牛若丸打扮的小狐丸還留在原地，站在他們面前。

「啊!!」

小結和小匠同時叫了起來。

「他消失了！為什麼?!怎麼可能有這種事!!他說完自己想說的話，竟然不告而別，就這樣消失了!!」

小結東張西望，打量周圍的同時，忍不住怒不可遏。

「好了，好了，好了。」夜叉丸舅舅說。

「什麼『好了，好了』！」

小結對著舅舅大吼。

「這到底是怎麼回事？」小匠問。

「我肚子餓了。」小萌小聲說。

「好，總之……」舅舅安撫著他們的情緒，「雖然時間有點早，但我們先去吃午餐。我拿到了經費，所以請你們吃飯。」

「太棒了！可以吃飯了！」

小萌興奮地歡呼起來。

小結猶豫起來。到底該相信舅舅的花言巧語，還是該斷然拒絕？但是，如果拒絕了舅舅，接下來該怎麼辦？她不知道回家的方法。手機留在家裡，即使想尋求爸爸、媽媽的幫助，也聯絡不到他們。即使想搭新幹線，身上既沒有錢，也不知道該怎麼走去車站。

而且，肚子真的很餓。舅舅身上似乎有錢，既然這樣，就和他一起吃完午餐後，再向他要買新幹線車票的錢。反正本來就是因為舅舅的關係，他們才會來到京都這個地方。

問題是，舅舅的錢到底從哪來的？小結忍不住思考這個問題。那些是正正當當、可以請小結他們吃飯的錢嗎？

「誰給你的經費？」

小結用嚴厲的語氣問，夜叉丸舅舅挺著胸膛說：

「是委託人給我的。不……是委託狐狸，就是剛才消失的京城狐狸老爺爺。」

站在小結身旁的小匠問：

「委託人委託你什麼事？」

夜叉丸舅舅緩緩歪著嘴笑了起來。

「如果你們願意保守祕密，我可以告訴你們。你們願意保證不告訴任何人嗎？」

「我願意!!」小萌搶先發誓。舅舅看著小結和小匠，似乎在問，那你們呢？

小匠也跟著點了點頭說：

「我當然可以保守祕密，我絕對不告訴任何人。」

小結默默注視著舅舅、小匠和小萌，最後無奈地點了點頭說：

「好，那我也保證不會告訴任何人。」

「OK！」

夜叉丸舅舅心滿意足地說完，向小結他們招了招手。

四個人在樹林中圍成一圈，把頭湊在一起，留下小狐丸獨自站在原地。

夜叉丸舅舅壓低了聲音對他們說：

「雖然說來話長，但我先長話短說，因為我肚子餓了。你們聽好，這件事絕對不可以告訴別人。京城狐狸老爺爺委託我尋找一樣東西，希望我尋找京城狐狸的寶物，這件寶物數百年來都下落不明。」

「所以要尋寶嗎？」小匠忍不住問。

「噓！」夜叉丸舅舅慌忙制止他，「你太大聲了，我不是說了，這件事是祕密嗎？」

「啊……，對不起。」

小匠小聲道歉，但是夜叉丸舅舅完全沒有生氣，他的眼中露出了得意的光芒，鼻子忍不住不停地抽動。

雖然夜叉丸舅舅再三叮嚀，這是祕密，但是他可能比任何人更想把這個祕密告訴別人。

京城狐狸竟然委託夜叉丸舅舅尋找下落不明的寶物！

小萌學小匠，小聲地問舅舅：

「要尋寶嗎？我是尋寶高手。」

「我知道。」夜叉丸舅舅說，他的嘴角再次露出了笑容，「正因為我知道，所以才希望妳來協助我。我特地帶妳來京都，就是希望借助妳的能力。」

「小萌的能力？」

小結問道，她有一種不祥的預感。

夜叉丸舅舅在幾個人圍起的圓圈內環顧他們三個人，露出詭異的笑容說：

「總之，我們先去吃飯，吃飯的時候，我再告訴你們詳細的情況。」

四條通

小結他們一行人穿越狐洞，轉眼之間就從深草稻荷山的樹林中來到了鴨川上的四條大橋。

穿越狐洞的經驗很不可思議。牛若丸打扮的小狐丸負責為他們帶路，在京城狐狸老爺爺消失之後，小狐丸也完全沒有說話，只是默默地把小結他們帶到目的地。

「好，那要去哪裡吃午餐呢？」夜叉丸舅舅問，最後終於做出了決定。「還是去河原町吧。」小狐丸聽到舅舅的決定，在樹林內大步

走了起來，然後轉頭對他們露出了笑容，似乎示意他們跟他走。於是，小結他們就跟了上去。

小結不知道狐洞的入口在哪裡，也搞不清楚出口在哪裡。她牽著小萌的手，注視著小狐丸的背影，在樹林中直直向前走——就只是這樣而已。但是，走著走著，小結發現他們周圍的風景好像氤氳[3]般晃動起來，樹林內的樹木輪廓漸漸模糊，簡直就像水彩畫被水暈開一樣，長滿嫩葉的綠樹漸漸溶化，和陽光混合在一起，刺眼的光包圍了他們。小結盯著小狐丸的後背，走在各種顏色、光和影子融合在一起的漩渦中。

在漩渦中走了一會兒，模糊的風景漸漸恢復了輪廓，漸漸變得清晰。剛才的風聲漸漸被街上的嘈雜聲淹沒了。眼前突然變得開闊，就

3 氤氳，煙氣瀰漫的樣子。

像走出了隧道。

那是一座架在大河上的橋，人來人往，也有很多車子。

「哇！出來了！我們走出來了！」

小萌瞪大了眼睛，輕聲歡呼起來。

「這裡是哪裡？」

小匠也四處張望起來。

「這裡是河原町的四條通，這座橋就是四條大橋，下面那條河是鴨川。喔，原來深草和四條之間有狐洞，真是太方便了。」

夜叉丸舅舅打量著周圍說道。

「雖然聽說京都的狐洞像漁網一樣密密麻麻，但是外人不知道出入口的位置，幸虧我們有導航。」

擔任導航的小狐丸走過橋後，在橋頭停下腳步，轉頭看著所有人，似乎告訴他們，目的地已經到了。他臉上帶著笑容，還是什麼話都沒說。雖然他一身牛若丸的打扮很引人注目，但路上的行人都沒有看他，也沒有人對小結他們突然冒出來感到奇怪。不知道走在路上的人，怎麼看小結他們突然從狐洞的出口冒出來這件事。

一定有什麼機制，讓人走出狐洞的出口後，能夠巧妙融入人群中，否則突然有人在街上冒出來，一定會引起騷動……

小結在心裡這麼想。

「好，那我們去吃中國菜。」

夜叉丸舅舅滿臉喜色地說。小狐丸站著的四條大橋橋頭，有一棟壯觀的西式建築，入口上方掛著「北京料理」的牌子。舅舅大步走進那棟建築中。

他們搭著古色古香的電梯到四樓，坐在可以俯視鴨川的圓桌旁。

桌子旁有六張椅子，只有一張椅子沒人坐，但服務生只送來四杯水和四條小毛巾。店員果然看不到小狐丸。

但是，小狐丸面帶微笑，乖乖地坐在桌子旁的椅子上。

「嗯，一盤春捲，兩份咕咾肉、兩份青椒肉絲、兩份北京烤鴨、兩份炸雞、三份炒飯……還有，蝦仁天婦羅、蠔油鮑魚各一份，啊，還要兩份蘿蔔糕。」

夜叉丸舅舅不停地向服務生哥哥點菜。

「會不會點太多了？」

小結悄悄提醒舅舅，但舅舅根本不理會她。

「啊？會嗎？我已經很節制了。嗯，沒關係，如果不夠吃，等一下再加點。」

服務生哥哥確認點餐內容後轉身離開，小結忍不住向舅舅確認：

「你身上的錢是真的錢嗎？不是京城狐狸給你的錢嗎？該不會是樹葉？」

「喂！」夜叉丸舅舅語氣嚴厲地說：「妳不可以說這種懷疑京城

狐狸的話。妳在京城的正中央，說這種詆毀京城狐狸的話，不知道會被哪裡的狐狸聽到。那位老爺爺在京城狐狸中，也是家世很有淵源，地位很高的狐狸，怎麼可能給我樹葉？」

「既然是地位很高的狐狸，為什麼會委託你辦事呢？」

「這就是重點。等我吃飽之後，就會把其中的原委告訴你們，你們就等著吧。」

剛才點的菜都冒著熱氣，送上了桌。

「大家想吃什麼都自己夾，不用客氣。」

舅舅說完這句話，就把大盤子裡的料理裝進了自己的盤子，然後狼吞虎嚥起來。

小匠也立刻把最愛吃的咕咾肉裝進自己的盤子，小結把蝦仁天婦羅裝在小萌和自己的盤子裡，然後問坐在那裡一動也不動的小狐丸：

「要不要幫你裝？你要不要也吃一點？」

小狐丸笑著搖搖頭，沒說話。

「啊？但是你什麼都不吃，肚子不會餓嗎？」

小狐丸還是沒有說話，只是笑著點頭。小結發現送炸雞塊上來的服務生一臉納悶地看著自己，慌忙將視線從小狐丸身上移開。

什麼都不吃，真的沒問題嗎？

小結吃著Q彈的蝦仁天婦羅時，用眼角偷瞄著小狐丸。她吃著美食，忍不住思考。

這個小男孩到底是什麼人？對了，變身高手小季之前說，只有變

身功力很強的資深狐狸，才有辦法變身成小孩子……。搞不好這個小男孩的真實身分，也是上了年紀的資深狐狸，他真的很厲害，所以我豎起順風耳，也完全無法捕捉到他的氣息嗎？……但是，為什麼人類都看不到他？更何況狐狸是為了欺騙人類，才會變身成為各種不同的樣子。既然巧妙地變身為人，結果人類卻看不到，不是白忙一場嗎？

不知道小狐丸是否察覺到小結的狐疑，他露出開心的笑容，看著其他人大快朵頤。

「不好意思，我要加點一份麻婆豆腐和茄汁大蝦！」

夜叉丸舅舅大口吃著炸雞塊，對著服務生叫了起來。

每一道菜都很美味可口，炸雞塊香脆又鮮嫩多汁，醬汁也濃醇入味，炒飯粒粒分明，口感鬆軟。

小匠和小萌都接連吃著桌上的菜，完全忘記說話。小結也第二次在盤子裡裝了咕咾肉和炒飯。她吃著糖醋醬汁很入味的胡蘿蔔，看向餐廳的窗外。

天空一片蔚藍，河水緩緩流動，在初夏的陽光照射下發出粼粼波光，遠方那片山上，聳立了一座好像寺院的高塔。

小結突然回過神。

這裡是京都。我目前在京都——。小結突然有一種奇妙的感覺。剛才還在住家附近的公園內，和小匠一起找腳踏車的鑰匙……。

必須趕快回家。小結心想。

「舅舅。」小結隔著舖著白色桌布的圓桌，向舅舅的方向探出了身體。

夜叉丸舅舅正大口吃著加了麻婆豆腐的炒飯，他雙眼看著小結，似乎在問她有什麼事。

「舅舅，你不是說身上有錢嗎？那你幫我們買新幹線的車票。只要去京都車站搭新幹線，即使不需要時空隧道，我們也可以回家。」

「啊嗯霧營。」

舅舅塞了滿嘴的食物，發出奇怪的聲音，完全聽不懂他說什麼。

「啊？」

小結問道。舅舅終於把加了麻婆豆腐的炒飯吞下去，開口說：

「我剛才說『那可不行』。」

「為什麼？」

小結反問。

「因為妳要知道，新幹線的車票很貴，而且是三張車票……。不行不行，我可不能這樣亂花錢。」

小結聽到舅舅只想到自己的回答，忍不住生氣了。

「舅舅，你要搞清楚，我們不是想來這裡，現在才會在這裡。是你把我們帶來這裡，你完全不覺得應該對我們負責嗎？」

夜叉丸舅舅聽到小結這麼說，立刻用右手的筷子指著她說：

「那我也要把話說清楚，我只有帶小萌來這裡，至於你們兩個人，是自己跟過來的，我為什麼要對你們負責？」

「喔，這樣啊。」

小結瞪著夜叉丸舅舅。

「好啊，那我們就自己回去。我們等一下就去派出所告訴警察，說我們遭到了綁架，請警察帶我們回家。」

夜叉丸舅舅顯然很驚訝，他慌忙咕嚕咕嚕喝了杯子裡的水，然後咳了幾下，掩飾自己的慌亂。

「好啦，好啦，妳說這種話就太沒意思了。妳威脅舅舅不是很沒禮貌嗎？」

「到底是誰沒有禮貌！你自己突然抱走小萌，想要把她擄走！」

「好啦、好啦、好啦……」

舅舅看周圍，似乎很在意有沒有人注意他們，然後壓低聲音說：

「小結，妳先不要激動，我們談一談。妳聽我說，妳自己好好想，現在去京都車站買車票，然後搭新幹線轉電車，再轉公車，回到家也差不多傍晚了。既然這樣，還不如趕快完成我請你們幫忙的事，請京城狐狸的老爺爺讓我們從時空隧道回到你們家後方，這樣不是更省時間嗎？而且又輕鬆愉快，還不需要花錢，不覺得是好主意嗎？」

小結內心忍不住覺得舅舅的提案是好主意。

自己還是小孩子，要帶著年幼的小萌在陌生城市的陌生車站搭新幹線，然後又換其他電車，下了電車之後，再轉公車才能回到家，這一路顛簸的確很辛苦。如果穿越時空隧道，就可以像來這裡的時候一樣，轉眼之間就回到家裡。但是，小結又覺得接受舅舅的提議很危險。因為不管怎麼說，他終究是夜叉丸舅舅。

有災難的地方就有夜叉丸舅舅，有夜叉丸舅舅的地方就有災難。如果聽了舅舅的建議，會不會捲入什麼麻煩？

「我贊成舅舅的意見。」

小匠向來很支持夜叉丸舅舅，對著陷入思考的小結明確表達了自己的意見。

「小萌也贊成。」

小萌完全搞不清楚狀況，也模仿小匠說道。

夜叉丸舅舅眉開眼笑地說：

「那就這麼決定了，少數服從多數。」

小結小心謹慎地說：

「現在還不行，要先聽你想我們幫忙什麼事之後才能做決定。」

「好啊。」

舅舅心情愉快地點了點頭，叫住了剛好經過的服務生哥哥。

「啊，不好意思，我想要再點四碗杏仁豆腐，可以再麻煩給我熱茶嗎？」

小結他們吃著送上來的甜點，聽著夜叉丸舅舅向他們說明情況。

「你們要記住，我接下來告訴你們的事，絕對不可以告訴任何人。因為只能我們知道而已，是我們的祕密，知道了嗎？你們要向我保證，不可以告訴任何人。」

夜叉丸舅舅叮嚀道。小結和小匠看到舅舅難得露出這麼嚴肅的眼神，都點了點頭，小萌也一臉認真地對著舅舅點頭。

夜叉丸舅舅似乎仍然無法放心，轉頭向店內張望，然後才終於轉頭面對小結他們，開口小聲地說：

「我剛才也已經說了，京城狐狸的老爺爺委託我尋找一件寶物，那件寶物是三百年前，一隻狐狸送給人類小姐的禮物。」

「狐狸為什麼要送禮物給人類的小姐？」

小匠立刻發問，夜叉丸舅舅瞪了他一眼，繼續說了下去。

「那隻狐狸愛上了人類的小姐，所以在求婚時，就送給她訂情的

禮物，那是從京城狐狸的寶物倉庫中偷出來的寶物。」

「啊？那不是小偷行為嗎？」

小匠嘀咕著，舅舅對著他說了聲：「噓！」打斷了他的話。

「所以才有問題，所以我才說，這件事是祕密。」

小匠被舅舅瞪了一眼，慌忙閉了嘴。夜叉丸舅舅繼續說道：

「那隻狐狸名叫宗舟，剛才那個京城狐狸的老爺爺就是宗舟家族的後裔。宗舟從寶物倉庫偷走寶物這件事，是整個家族代代相傳的重大祕密，其他狐狸當然完全不知道這件事。」

小結忍不住問：

「但是，京城狐狸都沒有發現倉庫裡的寶物被人偷走了嗎？這三百年，都沒有人發現寶物不見了嗎？」

夜叉丸舅舅點了點頭。

「對，就是這樣。現在已經無法得知宗舟當初是怎麼偷走了寶物，又是怎麼順利瞞過了其他狐狸，但是，反正其他狐狸都沒有發現這件事。因為京城狐狸在寶物倉庫裡累積了大量財寶，即使少了一件，也不會有狐狸發現。更何況京城狐狸根本就沒想到竟然有狐狸敢從寶物倉庫偷走寶物，所以就放鬆了警惕。」

「為什麼？」小匠吐槽道，「既然倉庫裡收藏了大量寶物，不是應該擔心可能會被偷走嗎？」

夜叉丸舅舅神祕兮兮地回答說：

「因為京城狐狸用咒語保護寶物倉庫。寶物倉庫入口的大門上，刻了咒語。

『此倉庫寶物，無論狐狸還是人類，皆不可攜出寶物。

此倉庫寶物之事，不可告訴任何狐狸或人類。

違者將立刻觸怒稻荷大神。』」

舅舅停頓了一下，緩緩看著小結他們的臉，再次開了口。

「你們知道嗎？稻荷大神的法力無邊。大家都知道，那個咒語不僅讓京城狐狸寶物倉庫中的寶物無法拿出來，更禁止告訴任何人有關寶物的事。一旦違反這個禁令，就會遭到稻荷大神的懲罰，所以之前從來沒有狐狸試圖從倉庫把寶物拿走，除了宗舟以外……」

「既然這樣，那不就沒事了。反正沒有人知道寶物被偷走了，不是沒有問題嗎？為什麼事到如今，還要找當初送給別人的禮物？更何況不是早就送人了……」

小結不明白，夜叉丸舅舅不耐煩地嘆一口氣，看著小結和小匠。

「你們真的是打斷別人說話的天才，我會依次說明，你們可不可以閉上嘴巴，乖乖聽我說話？」

小萌看著夜叉丸舅舅的杏仁豆腐問：

「舅舅，我可以吃你的櫻桃嗎？」

「不行。」

夜叉丸舅舅當著小萌的面，把自己那碗杏仁豆腐裡的櫻桃送進嘴裡，然後很粗魯地把籽吐在餐巾上後，才繼續說道：

「先說京城狐狸宗舟的事。聽說名叫宗舟的狐狸是很了不起的傢伙，茶道的手藝是名人等級，圍棋更是天下無敵。他自稱是宗舟，落落大方地出現在人類面前，舉辦茶會和圍棋比賽，而且參加這些聚會的人，都沒有發現宗舟是狐狸，這代表他扮演文人雅士很成功。」

舅舅在說話的空檔，大口吃著杏仁豆腐，又喝著茉莉花茶，接著又悄悄觀察周圍，才壓低聲音說：

「那個宗舟愛上了人類的小姐。那個小姐是下鴨神社附近的一家和服批發行美津屋的獨生女。無論人類還是狐狸，都完全不知道他們兩個人在交往，但他們偷偷約會，互寫情書，最後宗舟終於向那個小姐求婚。」

「那個小姐知道她的男朋友是狐狸嗎？」

小匠插嘴問，舅舅點了點頭說：

「嗯，她知道，宗舟只告訴他的情人，自己的真實身分。」

「就像爸爸和媽媽一樣……」

小結小聲嘟噥，舅舅搖了搖頭說：

「不，不一樣。宗舟和那個小姐的戀愛，並沒有像你們的爸爸和媽媽一樣有完美的結局。那個小姐接受了京城狐狸寶物的禮物，答應了宗舟的求婚，但最後變了心。」

「變心是什麼？」

小萌問，小結代替舅舅回答說：

「就是改變原來的心意的意思。」

夜叉丸舅舅繼續說了下去。

「宗舟原本打算和那個小姐結婚之後，兩個人遠走高飛，去其他地方生活，也就是所謂的『私奔』，沒想到那個小姐沒有出現在他們約定見面的地方。不僅那個小姐沒有出現，而且那裡還埋伏了很多人，包圍了宗舟，要求他『放棄那個小姐』，甚至還放狗咬他。他被狗咬之後，曝露了真實身分，他也因為受了傷，當天晚上就死了。」

「那寶物去了哪裡?宗舟送給他情人的禮物呢?」

小匠問,夜叉丸舅舅緩緩點了點頭說:

「沒錯,這就是重點。」

他喝一口茉莉花茶,探出身體。小結和小匠也忍不住伸長脖子。

「宗舟雖然被狗咬了,但還是順利逃過人類的追捕,逃到了稻荷山上,去找他的弟弟。宗舟向來很疼愛這個弟弟,也很照顧弟弟,向弟弟傳授了變身的方法,以及人類泡茶的方法,所以弟弟在他的調教下,也學會了變身成人類,經常出入宗舟位在京城邊緣地區的家中。

弟弟看到宗舟身受重傷逃回了山上,既驚訝,又傷心。弟弟之前就隱約察覺到,宗舟愛上了人類的小姐,同時把自己的真實身分告訴了那個小姐,也因為這個原因,所以一直為宗舟感到擔心,希望不會發生什麼不好的事。當他看到奄奄一息的哥哥,第一句話就問:『是不是人類害的?』」

小匠迫不及待地插嘴問：

「宗舟怎麼回答？他把偷寶物的事，也都告訴了弟弟嗎？」

「噓！」夜叉丸舅舅生氣地瞪著小匠，「我剛才不是說了，沒有人知道宗舟偷走寶物的事嗎？不要這麼大聲嚷嚷，給我閉嘴聽好，我會慢慢說給你們聽。」

小匠挨了罵，緊張地觀察周圍後閉了嘴。

夜叉丸舅舅繼續說：

「宗舟並沒有明確回答弟弟的問題，只是痛苦地喘息著，對弟弟說：『我破壞了京城狐狸的禁令，所以現在快沒命了。這是稻荷大神的懲罰，所以是無可奈何的事。』

弟弟聽了他的回答，立刻恍然大悟。因為他想到幾天之前，弟弟在宗舟家目睹了一件重大的事。弟弟在那天深夜，變身成人類，像往常一樣去哥哥家，發現宗舟在後方的房間，慌慌張張地把什麼東西塞進壁櫥內。弟弟看到宗舟緊張的樣子，忍不住問哥哥在幹什麼。

『你不知道比較好。』宗舟對他說，而且之後也從來沒有對弟弟提過那天晚上的事。……但是，弟弟當時瞥到了宗舟藏進壁櫥裡的東西，聽到宗舟在臨死前說自己『違反禁令』和『稻荷大神的懲罰』，就想到了那件事。

『哥哥該不會從京城狐狸的寶物倉庫裡拿走了什麼東西！那天晚上偷偷藏起來的東西，是不是寶物倉庫裡的寶物？』」

舅舅說到這裡停了下來，喝了一口茉莉花茶。小結對舅舅故弄玄虛的態度很不耐煩，但還是等待他的下文。

「寶物是什麼？磚石嗎？舅舅，是不是磚石？」

小萌迫不及待地問。

夜叉丸舅舅沒有理會分不清鑽石和磚石的小萌，壓低聲音說。

「宗舟的弟弟也不清楚寶物到底是什麼？只是曾經從宗舟的背

後，看到他慌慌張張把什麼東西塞進棕色粗糙的包袱中，但看起來像是一把刀子，當然不知道刀子的詳細情況，於是弟弟就一個勁地追問哥哥宗舟。

『你偷走了山上寶物倉庫裡的寶物嗎？你該不會把寶物送給了那個小姐？』他這麼問哥哥，宗舟輕輕點了點頭，承認了這件事。但是，當弟弟問他偷走的是什麼寶物時，宗舟搖了搖頭，不願意回答弟弟的問題。

『我無法告訴你，因為我已經從寶物倉庫偷走了寶物，違反了禁令，不能再說出禁止提起的寶物名字。而且如果你知道是什麼寶物，也會給你添麻煩。』宗舟這麼告訴弟弟，不願說出寶物的名字。」

「所以最後還是不知道是什麼寶物嗎？」

小匠似乎很失望，嘟著嘴說。夜叉丸舅舅吐了一口氣，沒有回答小匠的問題，自顧自說了下去。

「宗舟最後還是沒有說出寶物的名字，就這樣死了。但是，他在臨死前，昏昏沉沉地說：

『我受到大神的懲罰而送命，這也是無可奈何的事。但是想到那樣東西可能被那些傢伙奪走，就死也無法瞑目——』

宗舟一定很不甘心。想到自己冒著生命危險從寶物倉庫偷出來的寶物，竟然被背叛自己的情人和人類奪走……。

宗舟的弟弟四處尋找，想從人類的手上把寶物拿回來，完成死去哥哥的心願，但是遲遲查不到寶物的下落，而且不僅寶物不知去向，就連美津屋的女兒也下落不明。

當時，美津屋的女兒談戀愛的對象竟然是狐狸的消息傳遍了京城，因為宗舟在追兵面前露出了狐狸尾巴，即使美津屋拚命想要消除傳聞，但仍然無濟於事，於是就讓女兒離開了京城，前往江戶或是紀州之類的遠方避風頭。因為他們當然不能讓女兒生活在『那個小姐被狐狸騙了』的傳聞中，寶物也就從此下落不明了。

但是，宗舟家族的狐狸把這件事視為家族的重大祕密和重要的教訓，代代相傳下來。

宗舟成了『迷上了人類的小姐，從寶物倉庫偷了寶物送給那個小姐，結果被那個小姐背叛，自己也送了命的愚蠢祖先』，刻在家族的歷史上，告訴子子孫孫，絕對不能再犯相同的錯誤。」

夜叉丸舅舅終於說完了很長很長的陳年往事，小結向舅舅發問。

「但這不是幾百年前的事嗎？你剛才說，那個京城狐狸的老爺爺委託你尋寶，他為什麼現在要委託你尋找那件寶物？」

夜叉丸舅舅得意地笑了起來。他的笑容很神祕，而且意味深長。

「因為舅舅我發現了關於寶物的線索。」

「什麼線索？」

小匠探出身體，夜叉丸舅舅小聲地說：

「就是古書，我找到了記錄了宗舟寶物的古代文獻。」

「古代文獻是什麼？」

小匠問，夜叉丸舅舅不耐煩地解釋說：

「就是古代的資料，有些收藏家喜歡收藏幾百年前，很久很久之前的文獻資料。人類真是太有意思了，你們剛才也見到那個京城狐狸的老爺爺，他的變身技巧絲毫不比祖先宗舟遜色，經常去人類住的地方玩耍，也結交很多人類的朋友。其中一個朋友就是古代文獻的收藏家，那個老爺爺從那個朋友的收藏品中，意外發現了寶物的線索。」

「是什麼樣的線索？」

小結問，夜叉丸舅舅說：

「那是名叫月光寺的寺院住持，寫給美津屋老闆的感謝信，信中感謝了美津屋的捐獻，還提到了一把寶刀。

『本寺的確收到了那把寶刀，敬請放心。如果你們留在身邊，很可能成為引發可怕災難的種子，本寺將誠心憑弔祭奠。』」

舅舅閉嘴不語，小匠目瞪口呆地問：

「啊？就這樣？我完全搞不懂是怎麼回事……。那封信上寫的寶刀，就是宗舟偷……」

小匠原本想說「偷走」，但說到一半，把話吞了下去，改口說：

「怎麼知道那封信上寫的寶刀，就是宗舟送人的寶物？」

「因為那封信的年份。」夜叉丸舅舅回答，「那封信最後寫的年號，剛好就是宗舟死的那一年。

因為是古代文獻，所以有些地方的紙被蟲吃掉，不知道原本寫了什麼，但日期年號的地方可以清楚看到『正德元年』那幾個字。宗舟就死在正德元年稻荷祭的最後一天，正德元年就是一七一一年，也就是說，那封信是在宗舟死去的那一年寫的。」

「稻荷祭的最後一天，不就和今天一樣嗎？」

比起那封信上的日期和宗舟去世的時期一致，小結聽到今天就是宗舟當年死去的日子，不禁瞪大了眼睛。

夜叉丸舅舅又開了口。

「嗯，因為曆法的關係，以前和現在舉行稻荷祭的日子相差一個月，但是，宗舟死去的日子，也就是祭典的最後一天，我們剛好來到京都尋找宗舟留下的寶物，你們不覺得是一種緣分嗎？搞不好是宗舟在召喚我，宗舟的靈魂召喚寶物獵人夜叉丸來到京都，尋找下落不明的寶物……。嗯，一定就是這樣。」

夜叉丸舅舅自認為找到了合理的解釋，頻頻點著頭，突然回過神，繼續說了下去。

「總之，京城狐狸老爺爺看到那封信，就立刻想到事情不單純。宗舟死去那一年寫的信中，提到了寶刀……，而且是美津屋交給月光寺保管的寶刀，因為信上還寫著，那把寶刀可能『引發可怕災難的種子』，所以才會送去寺院。既然這樣，認為那把寶刀就是宗舟的弟弟在宗舟家看到的寶物……，也就是宗舟送給他的情人——美津屋女兒的珍貴禮物，不是也很合理嗎？

京城狐狸的老爺爺立刻著手進行調查，發現美津屋祖先的遺骨都埋葬在月光寺，美津屋家族的墓都在月光寺，而且在正德年代，月光寺的住持在京城也是赫赫有名的風流雅士。

記錄顯示，那名住持在寺院的一角設置了茶室，經常舉行茶會，邀請文人和精通茶道的茶人參加。你們有沒有發現？我剛才也提到，宗舟變身成人類時，也精通茶道，是京城內小有名氣的茶人，所以月光寺的住持很可能認識宗舟，不，不僅如此，美津屋的女兒和宗舟很可能就是在月光寺的茶會上認識的。

如果住持對美津屋的女兒和宗舟談戀愛的原委略知一二，美津屋當然也比較好開口，把寶刀放在月光寺。只要捐獻一點小錢，就可以把狐狸送的棘手禮物送出去，月光寺簡直就是最理想的對象。」

「但是，寶刀不是很珍貴嗎？」小匠不解地問，「既然是那麼珍貴的寶刀，為什麼要交給寺院？」

夜叉丸舅舅一臉無奈地看著小匠：

「你倒是想一想，萬一因此遭殃該怎麼辦？京城狐狸是尊貴的伏見稻荷神的使者，雖然並非出於本意，但美津屋和伏見稻荷神使者的狐狸作對，一群人圍著狐狸，而且還唆使狗去追他，我相信美津屋的老闆和老闆娘一定很害怕，擔心會因此遭殃。既然是那隻狐狸送的禮物，未免太可怕，怎麼敢留在身邊？」

夜叉丸舅舅也是膽小鬼，所以他說話時，身體忍不住抖了一下。

小結接著發問。

「但是，京城狐狸的老爺爺為什麼要委託你尋找寶物？即使發現線索，都隔了這麼多年，為什麼還要尋找寶物？如果被其他狐狸發現這件事，不是反而更傷腦筋嗎？宗舟把那麼珍貴的東西從……呃，我的意思是，其他狐狸不是不知道他偷偷從那個地方拿出來嗎？」

把寶物從寶物倉庫偷出來……小結剛才說到這個部分時含糊其辭，問了舅舅這個問題。

「既然這樣，不是不理會這件事就好了嗎？已經隔了這麼多年，根本不必再去找什麼寶物，只要悶不吭聲，當作什麼事都沒發生，就不會有人知道寶物的事，祕密也不會曝光。」

「好問題。」夜叉丸舅舅說，「京城狐狸的老爺爺之所以委託我尋寶，就是因為擔心這件事。原本以為三百年前，失去行蹤的美津屋女兒帶著寶物離開了京都，去了某個遙遠的地方，沒想到事情並不是原本想的那樣，而是發現寶物交給了京都的月光寺。如果那個寶物目前仍然在京都的某個地方，其他京城狐狸比老爺爺更早發現了那個寶物，會有什麼結果？照理說，寶物應該在稻荷山寶物倉庫內，為什麼不是在寶物應該在的地方，而是出現在人類生活的地方？這絕對會引發重大問題。」

小結正打算點頭，又想到了另一個問題。

「你剛才說『京都的某個地方』，難道寶物不在月光寺了嗎？」

「不在那裡。」

夜叉丸舅舅語氣堅定地說。

「因為月光寺也沒了。」

「啊？月光寺也沒了？」

小匠輕聲嘀咕，和小結互看了一眼，夜叉丸舅舅點了點頭說：

「幕末的時候，發生火災燒毀了，目前在近郊的月光寺原址，只剩下有人建造的『月光寺遺跡』石碑，和一棵原本就生長在寺院院子內的古老杉樹。」

「既然寺院被火燒掉了，原本寄放在那裡的寶刀，不是也就一起燒掉了嗎？」

小結問，夜叉丸舅舅說：

「……有這種可能，可能被燒掉了，但也可能被搬去其他地方。發生火災時，經文或是一些歷史記錄可能和寺院的寶物一起轉移到其他地方。這樣就問題大了，所以老爺爺委託我調查這件事。

他希望我調查一下，三百年前下落不明的寶刀，現在是否仍然在京都的某個地方。如果已經遺失，就沒問題了。但是，如果仍然在京都，就希望我能夠在其他狐狸發現之前，找到那把寶刀。」

夜叉丸舅舅得意地抽動著鼻子，他似乎對京城狐狸老爺爺委託他尋找寶物這件事感到很高興。別人相信他是尋寶獵人，讓他心情大好。但是……。

「但是要怎麼找呢？要怎麼確認寶物是不是還在京都？」

小結皺起眉頭，看著舅舅。既然那座寺院已經燒掉了，要根據什麼線索，用什麼方式尋找寶物的下落？而且那個寶物可能很久很久以前就已經遺失了。

沒想到夜叉丸舅舅聽了小結的問題後，從容不迫地笑了起來。

「不瞞你們說，其實有一個傢伙可能知道寶物的下落。」

小匠驚訝地瞪大眼睛。

「啊？有人可能知道？難道有證人知道三百年前發生的事嗎？有這種人嗎？」

夜叉丸舅舅更加得意地抽動著鼻子，看著小結和小匠。

「就是有這樣的傢伙，知道月光寺發生的大小事，而且那傢伙目前活著，就在京都，只不過那傢伙並不是人類。」

「那是誰？」

小結問，舅舅覺得很好玩似地注視著小結說：

「就是杉樹，一棵活了很久的杉樹。我剛才不是提到，月光寺的遺跡只剩下石碑和一棵古老的杉樹嗎？我說的就是那棵杉樹。那棵樹是特別的樹，生長在月光寺內時，就被稱為『言問杉』，是一棵神木，京城的人都會去向它祈願。只要對著這棵樹虔誠地說出一個願望，就可以得到珍貴的神諭。那棵樹的樹齡據說有八百年，幕末的那場大火燒毀寺院時，只有這棵杉樹毫髮無傷，簡直太神奇了。

怎麼樣？你們現在終於懂了吧？」

夜叉丸舅舅看著小結、小匠和小萌，難掩興奮地問：

「你們難道不覺得，如果天底下有誰能夠說出送去月光寺的那把寶刀的下落，就只剩下那棵杉樹了嗎？怎麼樣？你們是不是已經猜到我的完美計畫了？」

小結和小匠仍然滿臉狐疑地互看著，小結代表弟弟搖了搖頭說：

「不，我完全不知道，這是怎麼回事？只要向杉樹許願：『請你告訴我寶物的下落』，杉樹就會告訴你嗎？我不認為這種計畫能夠成功，即使是能夠傳達神諭的杉樹，也未必會向每一個人傳達。」

「當然不是對每一個人，本來就是這樣。」

夜叉丸舅舅心浮氣躁地說：

「需要有能夠接收到杉樹語言的人，才有辦法聽到言問杉傳達的神諭。怎麼樣？這裡不是就有一個嗎？能夠接收杉樹的神諭，代替杉樹告訴我們的人……。你們看，遠在天邊，近在眼前。」

夜叉丸舅舅雙眼發亮，視線看向正在努力用湯匙舀起最後一口杏仁豆腐的小萌。

「啊……」

小結終於知道舅舅的意思了。

「原來是小萌……」小匠點頭說：「你要小萌轉達杉樹的話。」

夜叉丸舅舅開心地點著頭。

「沒錯，所以我才說，要借用小萌的能力，讓小萌的魂寄口說出言問杉的神諭。」

4 言問杉

最後，小結他們決定協助夜叉丸舅舅尋找，他們跟著舅舅，一起去月光寺的遺跡，尋找那棵言問杉。

「只要聽一下杉樹說了什麼，然後稍微翻譯一下就完成了……。我覺得這件事十分鐘就可以搞定，結束之後，我們先去找京城狐狸的老爺爺，向他報告言問杉的神諭，順便請他想辦法把你們送回家。」

舅舅這麼說。

走出餐廳後，舅舅像在告訴計程車司機目的地般，對小狐丸說：

「我們要去月光寺遺跡的言問杉那裡，拜託了。」

小狐丸笑了笑，帶頭沿著剛才來的路，走向四條大橋，然後又發生了同樣的情況。熱鬧的街景開始晃動、溶化，和光交錯在一起。

穿越光的隧道，出現了另一座橋。和四條大橋相比，那座橋的長度和寬度都小一號，但是穩穩地架在河面上，從這一側的岸邊向對岸的山麓延伸。小結走過出現在眼前的這座橋後，回頭一看，發現京都的街道出現在河畔的道路遠方。橋樑的欄杆旁是公車站的站牌，雖然馬路並沒有很寬，但似乎有公車經過。小狐丸走在橋上，前方就是一座小山，山腳下有幾棟大瓦屋頂的房子。

京都近郊……差不多就是這種感覺。橋上和公車經過的那條路上都沒有人，周圍靜悄悄的。

走過橋後，就是緩和的上坡道，坡道兩側是舊房子的樹籬和圍牆，一棵巨大的銀杏樹守在登山口的左側，旁邊是一個小型稻荷堂。

剛吐出新葉的銀杏樹葉在紅色的鳥居上方投下斑駁的樹影，高高的天空傳來雲雀的啼叫聲。

小結、小匠和小萌向稻荷堂鞠了一躬，準備走過紅色鳥居時，夜叉丸舅舅指著後方的小山上方說：

「你們看，就是那棵樹，那就是言問杉。」

小結他們抬起頭，山上明亮的天空中，飄著一朵白雲。那朵白雲的正下方，有一棵比其他樹木高了一個頭的高大杉樹。

從下方抬頭看，覺得杉樹頂部

的樹梢，幾乎快碰到雲了。

「啊！我們要爬到那麼高的地方嗎？」

小匠抬頭看向山上，忍不住哀號了一聲。

稻荷堂前方就是通往山頂石階的入口，那裡豎了一塊指引方向的牌子。

距離月光寺遺跡．展望廣場四百公尺（市立指定文化財產．言問杉）

小結看了看陡峭的石階，又看了看指引牌。一旁的夜叉丸舅舅摩拳擦掌。

「來吧！我們上山！」

「來吧！我們上山！」小萌也跟著幹勁十足地叫了起來。

但是，走了一段石階，前一刻還幹勁十足的小萌向夜叉丸舅舅伸出雙手，提出了要求。

「舅舅，背我。」

夜叉丸舅舅露出很生氣的表情低頭看著腳下的小萌，但最後總算忍住了怒氣，沒有抱怨一句話。他應該想到，如果不把小萌帶去言問杉，一切都白費工夫。

「好啊，過來吧，真是拿妳沒辦法。」

夜叉丸舅舅彎下了腰，小萌跳到他的背上。

走四百公尺的石階太累人了，小結覺得呼吸越來越急促。他們排成一列，默默地沿著狹窄的石階走上去。

小狐丸走在最前面，小匠走在小狐丸後面，背著小萌的夜叉丸舅舅走在第三個，小結走在最後面。

小結在隊伍的最後面走上石階，不時轉頭看向後方。因為她總覺得有人在看著他們，背後一直有發毛的感覺。在山上樹林中延伸的石階有點昏暗，她突然想起了京城狐狸老爺爺說的話。

——他們可能會覺得你們身上有不是人類的血液，所以是同類而靠近你們。

小結回頭看著後方昏暗的空間，身體忍不住抖了一下。夜叉丸舅舅發現後問她：

「怎麼了嗎？」

小結忍不住壓低了聲音，問夜叉丸舅舅：

「真的有魑魅魍魎嗎？真的會附身在我們身上嗎？」

「哈哈哈，」舅舅笑了起來，「原來妳在擔心這件事。那是老爺為了嚇唬你們開的玩笑。當然，京都這個地方自古以來就有魑魅魍魎，也有怨靈出沒，但是，黑暗的地方才是這些魑魅魍魎的地盤，很少會在大白天出現在人類面前。除了是天大的倒霉鬼，才會在街上遇到魑魅魍魎，我認為應該比在街上遇到毒蛇的難度更高。更何況現在正在舉行稻荷祭，這些魑魅魍魎根本不敢造次。」

「稻荷祭是什麼？」

小匠問，夜叉丸舅舅把小萌放了下來，坐在石階上休息起來。

小結、小匠和小萌也坐在狹窄的石階上圍著舅舅，小狐丸站在比他們高一、兩級石階的地方。

「伏見稻荷每年都會舉辦幾次祭典。」

夜叉丸舅舅在初夏和煦的風中，舒服地瞇起了眼睛。

「稻荷祭是其中最大的祭典，但是在此之前，首先要向你們說明一下和我們狐狸族密不可分的稻荷神。我相信你們也知道，日本全國各地祭拜了數萬尊稻荷神，京都的伏見稻荷就是所有稻荷神的總本山……也就是大本營。

根據人類界的傳說，是在和銅四年……也就是西元七一一年的二月第一個午日，開始祭拜深草的稻荷大神。

當時，家境優渥的富豪秦氏在高興之餘，用箭射向年糕。沒想到年糕變成了白鳥飛上天，然後飛向遠方。秦氏追著年糕，來到年糕掉落的地方一看，發現那裡長出了稻子。……那裡就是目前伏見稻荷所在的山頂。也就是躲在年糕中的神靈變成了白色的鳥，飛上了深草山，讓深草山長出了稻子，於是就有了祭拜這尊神明的伏見稻荷。但是，在狐狸一族的傳說中，伏見稻荷的由來和人類的版本不太一樣。

七一一年二月初午的那一天，降臨在那座山頂上的並不是白鳥，而是白色的靈狐。那隻狐狸具有長生不老的神力，降臨在山上後，就在山上蛻下了一層皮。沒錯，就像蛇蛻皮一樣，蛻下了自己的皮後獲得重生。伏見稻荷就是祭拜那隻靈狐……這就是狐狸族的版本。

在那之後，靈狐每隔一百年，就會降臨在那座山上的三之峰深處的祕密場所，蛻掉自己的皮。在京城狐狸中，也只有長老級的大人物才知道那個祕密場所，但是，靈狐用這種方式，每隔一百年都蛻一層皮重生，永遠活下去。

為了紀念靈狐第一次降臨在那座山上蛻皮的日子……，也就是人類版本中，稻荷大神變成白鳥，降臨在山上的那一天，伏見稻荷目前仍然會在二月初午的日子舉行祭典，那就是『初午大祭』的祭典。」

舅舅停了下來，稍微喘了一口氣，然後又繼續說了下去。

「正在舉行的祭典，是伏見稻荷春季的大祭典，叫『稻荷祭』，平時住在山上的稻荷大神會坐在神轎上，前往市區，賜福給居民。

但是，在狐狸的世界，這個祭典的意義稍有不同。我們狐狸認為，稻荷祭是稻荷大神巡視市街。就像京城狐狸的老爺爺說的那樣，京都自古以來，就是魑魅魍魎和怨靈的聚集地，為了避免這些傢伙重新得勢，胡作非為，所以稻荷大神每年都會去市街巡視一次。在四月二十日前後的週日坐上神轎下山，五月三日回到山上，在這段期間都會留在市街監視，警告魑魅魍魎和怨靈不得造次。這兩週期間，京城狐狸也都會全體出動，在京都市區巡邏。現在這些京城狐狸也一定變

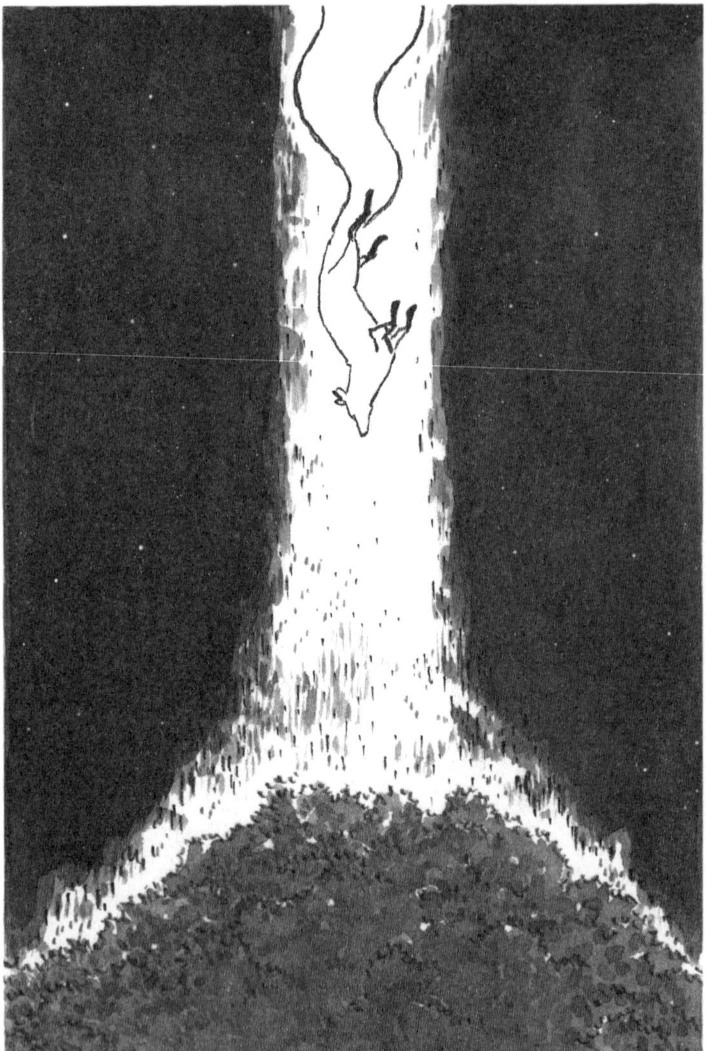

身成人類的樣子，在京都各個地方巡邏，嚴格說起來，目前是稻荷大神和京城狐狸監管魑魅魍魎的期間。

因為這個原因，那些魑魅魍魎現在根本不敢行動，在稻荷大神回到山上之前，都會屏息斂氣地躲起來，以免被巡邏隊發現，所以妳完全不必擔心，現在是一年之內，京都最安全的時期，魑魅魍魎根本不敢跑出來。」

小匠聽完舅舅的說明後問：

「所以，長生不老的靈魂目前也在京都市區嗎？那隻狐狸坐著神轎，從山上來到京都市區了嗎？」

夜叉丸舅舅搖了搖頭說：

「並不是靈狐本尊。靈狐本尊只有每隔一百年，蛻皮的時候，才會降臨在地面，平時都生活在天上。但是，靈狐的御靈……也就是靈魂一直在伏見稻荷內，所以是靈狐的靈魂坐神轎前往京都市區。」

「小萌也想要坐神轎。」

夜叉丸舅舅聽到小萌說這句話，用力伸了一個懶腰站了起來。

「小萌，妳沒辦法坐神轎，就坐在舅舅的背上忍耐一下。來，舅舅背妳。再加把勁，很快就到展望廣場了。」

於是，小匠、背起小萌的夜叉丸舅舅和小結一行人再度在小狐丸的帶領下，沿著石階上山。長長的石階也漸漸接近了終點。

不一會兒，他們就看到了前方的山頂。從樹木之間不時可以看到遙遠下方的河流閃著粼粼波光。

「到啦！」

跟在小狐丸和小匠身後走完石階的夜叉丸舅舅大叫一聲，把小萌放了下來。

小結也費力地走完最後幾級台階，來到站在廣場入口的小狐丸面前，大聲喘著氣。

那裡是一個空曠的廣場，硬梆梆的泥土地上有三張水泥長椅還寫了『月光寺遺跡』的石碑，除此以外，既沒有桌子，也沒有遊樂器材。偌大的廣場前方，有一個欄杆圍起的展望台，可以在展望台上欣賞周圍的風景。

「姊姊，妳看！妳看，有公車！」

小萌立刻跑去展望台，從欄杆之間看著下方大聲叫了起來。

小結和其他人也都情不自禁走向展望台，小匠低頭看著山下好像全景立體畫般的景色，忍不住歡呼起來：

「太讚了！原來我們爬到了這麼高的地方，那座橋竟然變得那麼小了！」

公車變得像豆粒般那麼小，在橋後方的馬路上行駛，車窗反射著陽光閃閃發亮。小結把頭探到欄杆外，看向正下方。

「啊，可以看到稻荷堂的鳥居！你們看，還有銀杏樹！我們就是從那個旁邊爬上來的。」

河流在下方緩緩流動，公車路前方馬路上房子的瓦屋頂，都在高掛天空的陽光照射下閃閃發亮，一朵、兩朵棉花雲飄浮在這些瓦屋頂形成的海浪上。

「聽說月光寺以前是天台宗很大的寺院，這座山都屬於月光寺，但是在遭遇火災和水災多次重建後，範圍越來越小，最後在幕末的那場火災中燒得精光。」

夜叉丸舅舅靠在欄杆上說完，用力深呼吸了一口說：

「從展望台欣賞風景到此結束，趕快來辦正事。你們看，那棵樹就是冰雪聰明、智慧過人的言問杉。」

舅舅恭敬地站在展望台前，指向廣場左側後方的方向。小結他們都同時轉過頭，抬頭看向展望廣場角落的巨大杉樹。粗壯的樹幹上綁著稻草編織而成的注連繩。

夜叉丸舅舅走到杉樹下，小結、小匠和小萌也跟著走了過去，圍在巨大的樹根下方。只有小狐丸從剛才就一直站在廣場入口，一動也不動。他站在原地，目不轉睛地看著他們。

小萌站在樹根旁仰頭看向杉樹的樹梢時，發出了「哇……」的叫聲。那棵樹真的很大，簡直就像站在綠巨人的腳下。綠巨人在緩慢流動的白雲下方，低頭看著小結他們。

「好大啊……」

小萌輕聲呢喃著，小匠也語帶佩服地說：

「超大……」

「聽說在江戶時代之前，就是出了名的『許願樹』。以前月光寺還在的時候，除了京城的人以外，還有人特地從但馬或是丹波來這裡向這棵杉樹許願。」

舅舅說話時，摸著他的大帽子，瞇眼看著杉樹的樹梢，突然用力

吐了一口氣，然後充滿期待地搓著雙手，注視著小萌說：

「好！那我們就開始吧。我會向言問杉許願，小萌就把杉樹的神諭告訴我們。另外，呃，小結，妳就負責做筆記，因為難以預料杉樹會說什麼。如果直截了當地用一句話說出寶物的下落，當然就沒問題，但搞不好會告訴我們怎麼去那裡的路線，如果不寫下來，不是就很傷腦筋嗎？」

「我嗎？」小結問。

「那我呢？」小匠問。

「小匠，你負責把風。因為杉樹的神諭是重大祕密，所以你站在石階那裡把風，避免被別人聽到，如果有人想走過來這裡，就要設法阻止。」

「OK－！」

小匠精神抖擻地點了點頭，立刻跑到小狐丸面前，抱著雙臂，低頭看著通往山下的石階。

夜叉丸舅舅假裝沒有聽到小結剛才的話，把手伸進了口袋，拿出記事本和原子筆塞到小結手上。

「真是莫名其妙！為什麼我們三個人都要協助舅舅？」

小結忍不住抱怨，但夜叉丸舅舅還是沒有理會她。

「好，大家都準備好了嗎？」

「OK！」負責把風的小匠回答。

「OK……」

小萌也模仿小匠，很沒有自信地點了點頭。

小結無可奈何地翻開了記事本，在心裡想道。

杉樹真的會回答舅舅的問題嗎？而且它知道寶物的下落嗎？真的能夠成功嗎？

小結在思考的時候，夜叉丸舅舅突然對著杉樹深深地鞠了兩次躬，然後用力拍了兩次手，靜靜地吸了一口氣，抬頭仰望著言問杉，說出了自己的願望。

「冰雪聰明、智慧過人的言問杉，我在此恭敬地向您許願。我正在尋找正德一年，美津屋的老闆交給月光寺的寶刀下落。請您用您的無敵神力，告訴我寶刀的下落。請您告訴我，目前寶刀在何方，拜託拜託。」

舅舅說完之後，又深深鞠了一躬。小萌站在杉樹的樹根，呆若木雞地抬頭看著舅舅。

小結注視著小萌，在心裡歪著頭想道。

果然不行……這種方法……

小結從狐狸族繼承了順風耳的能力，妹妹小萌也從狐狸族繼承了魂寄口的能力，也就是能夠把人類以外事物的無聲呢喃，代替那些事物說出來的能力。只不過目前完全無法得知小萌的這種能力有多強，必須實際試一下，才能夠知道小萌是不是能夠按照夜叉丸舅舅的計畫，接收到言問杉說的話，說起來，就像是在賭博。

「小萌，那就拜託妳了。」

但是，夜叉丸舅舅信心十足地看著小萌。

「妳要把言問杉的神諭告訴我，告訴我下落不明的宗舟的寶物在哪裡。」

舅舅充滿期待地說這句話時，小結再度感到背後有一股寒意。

小結大吃一驚，忍不住向周圍張望。小匠和小狐丸守著的石階那裡沒有異狀，她看向言問杉後方的雜木林，也沒有看到任何可疑的東西，她的順風耳也沒有捕捉到任何動靜，但她仍然覺得有什麼地方不對勁，有被人偷窺的感覺。她感覺到廣場周圍的樹木影子微微搖晃。

「以．前……」

這時，小萌開始說話。

「小結！做筆記！趕快記下來！」

聽到夜叉丸舅舅的聲音，小結立刻回過神。

「啊？啊？剛才是不是說以前？」

小結慌忙把小萌剛才說的話寫在手邊的記事本上。小萌又接著說了起來。

「鈴．依．連．滑．王．鎖．在．佛．店．巫．言．夏．呼．笑．意．生．非……」

小萌速度緩慢，清楚地說出每一個字，但是，小結只能拚命寫下小萌不停說出的字，完全不知道每一個字之間到底該怎麼連結，也完全無法理解整句話的意思。

「過．去．道．迪．是．和．物．代．領．志．鎮．大．濕．尋……」

杉樹繼續說了下去。

「油．俠．古．者．道．迪．是．和．仁．夏．芝．長．者．何．三．條．居……」

因為這句話實在太長了，小結慌忙翻下一頁，在心裡大叫起來。

這是什麼嘛?!也太長了！而且也搞不懂是什麼意思！

「終．的．朋．嫁．道．迪．維．和．明。」

當小結在記事本的新一頁上寫完這些莫名其妙的文字時，終於發現小萌已經閉上嘴巴，沒有再說話。

「咦？結束了嗎？」

似乎結束了。小萌背對著杉樹，緩緩轉身面對小結他們。

小結再次低頭看向自己用潦草的字跡寫下的內容，但是她完全看不懂記事本上整整兩頁到底寫了什麼？

夜叉丸舅舅一把搶過小結注視的記事本。

「原來如此，這是暗號。」

「啊？這是暗號嗎？」

小結抬頭看著自信滿滿的舅舅問：

「但是，杉樹為什麼不直截了當說出寶物的下落，而是告訴我們這些暗號？」

舅舅隔著帽子，抓著自己的頭。

「我也不知道，希望小萌問一下杉樹，到底是什麼情況⋯⋯」

原本守在石階前的小匠，看到小結和舅舅在說話，跑過來問：

「結束了嗎？情況怎麼樣？有沒有問到寶物的下落？」

小匠露出充滿期待的眼神問，小結冷冷地回答說：

「情況不妙，只回答了暗號，但沒有直接說出寶物的下落。」

「啊？怎麼會這樣？所以只說了線索嗎？這根本是在唬人嘛。」

「噓！杉樹會聽到。」

小結數落著小匠，抬頭看著言問杉。雖然她數落了小匠，但她也對言問杉的回答很不滿。不說答案也就罷了，為什麼要說這些暗號？

「聽我說……」

站在一旁的小萌開了口。

「它說，有話必須要告訴我們。」

「啊？」

其他人都同時看著小萌。

「有話必須告訴我們？」

小結問，小萌站在言問杉的樹根旁，抬頭看著小結他們，一臉嚴肅地說：

「它說，有話必須要告訴我們，但是必須由正確的對象問正確的問題，才能說出正確的答案。」

「正確的對象，問正確的問題？」夜叉丸舅舅反問，「這是什麼意思？簡直就像在說，我問的問題不正確。」

小萌沒有回答，緩緩看著聚集在杉樹下的所有人的臉，她在小結、小匠和夜叉丸舅舅的注視下開了口。

「解開三道謎題，找出正確問題，不可洩漏。」

「不可洩漏是什麼意思？」

小匠問，小萌沒有理會他，用奇怪的語氣繼續說道：

「這個女孩就暫時留下。」

「這個女孩……？」

小結反問的瞬間，小萌就從大家的眼前消失了，簡直就像在看魔術表演，轉眼之間，人就不見了。

「小萌！」

小結大吃一驚，叫著妹妹的名字。

「啊？啊啊?!啊啊啊!!」

小匠也大叫起來。

一陣強風突然吹向杉木，綠巨人似乎在上空發出沙沙沙的笑聲。

三道謎題

小萌消失了，從言問杉的樹根消失不見了。小結他們喊破了嗓子，小萌都沒有回答。他們找遍了周圍，也不見小萌的影子。小結失望地回到了言問杉的樹根。剛才去石階下方，和廣場周圍的樹林中找人的夜叉丸舅舅和小匠也走了回來。

剛才發生狀況時，小狐丸也一動也不動地站在石階上方。

小結幾乎被不安和難以形容的悲傷壓垮了，她抬頭看著高大的杉樹問：

「小萌為什麼不見了？」

綠巨人沉默不語。

「小萌去了哪裡……」

小匠也幽幽地嘀咕。

「你們還記得小萌最後說的話嗎？」

小結移開原本看著杉樹的視線，小聲問夜叉丸舅舅和小匠。

「我記得是『這個女孩就暫時留下』，這句話是這棵杉樹說的嗎？小萌用魂寄口，說出了這棵杉樹的話，對不對？……所以，是這棵杉樹擄走了小萌嗎？到底為什麼要這麼做？」

三個人又一起抬頭仰望著高大的言問杉。杉樹仍然沒有回答。小匠小聲地說：

「剛才不是叫我們去找正確的回答……還是正確的問題？是不是在我們找到正確的問題之前，小萌都會被它扣留？」

小結也絞盡腦汁思考著小萌轉達杉樹的話。

「小萌還說有話必須要告訴我們，但是，必須由正確的對象問正確的問題……」

小結露出責備的眼神瞥向夜叉丸舅舅。

「舅舅，是不是你的問法有問題？」

「喂！喂！」

舅舅著急起來，他瞥了樹梢一眼，好像擔心被杉樹聽到，然後向小結抗議說：

「妳剛才不是也聽到了嗎？我可沒說任何不該說的話。」

小結回想著舅舅剛才說的話，的確並沒有說任何沒禮貌的話。

「既然這樣，它到底對什麼感到不滿？……啊！會不會是你不該一直戴著帽子？」

夜叉丸舅舅著急地把手伸向帽子，摸著大帽子的邊緣說：

「這、這根本沒關係。這只是我變身的裝扮，我每次變身時，都會戴帽子，不會一下子戴上，一下子拿下來。……我倒是想到，你剛才不是說言問杉騙人？搞不好言問杉聽到你這麼說，所以生氣了。」

夜叉丸舅舅想把罪過推卸到小匠身上。

「什麼？我嗎？怪我嗎？」

「喂，你們夠了沒有？」

小結打斷了舅舅和小匠說，「你們再認真想一想。小萌被擄走了，現在不是爭吵的時候。」

小匠噘起了嘴。

「但是，不知道到底錯在哪裡，根本沒辦法找到正確的問題啊，而且，也不知道正確的對象是什麼意思……」

「……不，方法倒是有。」

夜叉丸舅舅說。小結和小匠都大吃一驚，看著舅舅的臉。舅舅一邊思考，一邊說：

「我記得小萌剛才這麼說，『解開三道謎題，找出正確問題』，也就是說，只要解開『三道謎題』，就可以找到我們要找的東西。」

「三道謎題是什麼？『三個』就是一、二、三的三個嗎？哪裡有三道謎題？」

小匠注視著杉樹，想要尋找是不是有什麼記號。

「三道謎題就在杉樹說的內容中。」

舅舅說完，打開了剛才從小結手上搶走的記事本。

小結探頭看著自己剛才用潦草的字跡記錄的內容。

「……雖然我記了下來，但是完全不知道在說什麼。」

舅舅用手指沾了口水，翻了一頁記事本，看著小結剛才記錄杉樹最後說的話。

夜叉丸舅舅目不轉睛地看著記事本，獨自點了點頭說：

「我就知道……，果然和我想的一樣。」

「什麼意思？你就知道什麼？」

小匠迫不急待地問，夜叉丸舅舅繼續盯著記事本。

「哪裡有三道謎題？」

小結問道。夜叉丸舅舅的嘴角露出了得意的笑容。

他伸出舌頭舔了舔手指，翻到了前面那一頁，看著杉樹最初說的話。小結當時慌忙寫下小萌說的話，字跡很潦草，而且一開始的字很大，之後就越寫越小，小得像螞蟻。

「好醜的字。」

小匠小聲說道，小結瞪著弟弟說：

「有什麼辦法？我當時急急忙忙寫的，而且根本沒想到它會說這麼一長串。」

小結嘀嘀咕咕為自己辯解，一直看著記事本的夜叉丸舅舅開口。

「你們仔細看，因為在記錄的時候完全不知道這些話的意思，只記下了同音的字，而且在奇怪的地方斷句，所以就看不太懂。這些暗號可以分成三個部分。你們看，從這裡到這裡是第一句，到這裡是第二句。……到最後就是第三句。」

舅舅在說話時，用原子筆畫了線，把記事本上的文字分成了三個部分。

「為什麼要分段落？」

小匠問，夜叉丸舅舅再次露出得意的笑容。

「你看不出來嗎？這就是三道謎題，也就是三條線索？」

「這個嗎？」

小結注視著自己寫的潦草文字，忍不住問舅舅。剛才在記錄時，完全不覺得寫下的這些字是有意義的內容，現在重新看，也完全看不懂在寫什麼。舅舅畫了線的第一段內容是——

以前鈴依連滑王鎖在佛店巫言夏呼笑意生非過去道迪是和物。

「這是什麼意思？」

小匠也歪著頭納悶。舅舅撕下記事本上的紙，用原子筆寫了起來，然後又把這張剛寫好的紙遞到他們面前說：

「只要重新抄寫，把同音字寫出正確的字，應該就看得懂了。」

那張紙上寫著以下這句話。

『一千零一蓮華王，所在佛殿屋簷下，呼嘯一聲飛過去，到底是何物？』

原本看起來毫無脈絡的內容重新整理成正確的字之後，就從莫名其妙的文字變成了有意義的內容。

「原來是『一千』，不是『以前』……」

小結語帶感慨地說，但是，她還是不太瞭解這段文字的內容，而且第二段內容更加費解。

代領志鎮大濕尋油俠古者道迪是和仁。

夜叉丸舅舅又在紙上重新寫出了正確的字。

『帶領智證大師巡遊峽谷者，到底是何人？』

第三段內容是——

夏芝長者何三條居終的朋嫁道迪維和明。

夜叉丸舅舅重新抄寫後，變成了以下這句話。

『下之長者和三條，居中的棚架，到底為何名？』

「太厲害了！」

小匠發出感嘆的聲音，夜叉丸舅舅得意地抽動著鼻子。

「這是寶物獵人夜叉丸大師的實力，這下知道我的厲害了吧。」

夜叉丸舅舅心情大好，繼續向他們說明。

「所以啊，這三句話就是三條線索，每句話就是一道謎題。『何物？』『何人？』『何名？』——言問杉要求我們尋找這三道謎題的答案。這些……這些暗號是言問杉傳達給我們的訊息。」

「但是……」

小結仰頭看著眼前高大的言問杉問：「為什麼要給我們這些訊息？你明明拜託它告訴我們寶刀的下落，它卻告訴我們這種毫無關係的訊息……。而且還擄走小萌，強迫我們找到三道謎題的答案，你不覺得這樣很奇怪嗎？」

小結問夜叉丸舅舅……更正確地說，是在問巨大的杉樹。小結很生氣，因為他們原本只是協助夜叉丸舅舅尋寶，但是言問杉被迫他們要一起解謎，小結對言問杉的這種做法越想越生氣。

但是，即使小結表達了憤怒，言問杉也悶不吭氣，高大的樹梢在風中搖晃著，默默低頭看著小結他們。

原本看著言問杉的夜叉丸舅舅將視線移向小結，靜靜地對她說：

「總之，我們現在能做的，就是找出謎題的答案，無法借助任何人的能力，只能靠自己。因為言問杉要求我們『不可洩漏』，我們只能乖乖照做。我相信只要找到謎題的答案，也就能夠知道你們想知道的問題答案。為什麼言問杉告訴我們這些和尋寶無關的訊息？為什麼要我們解開這幾個謎題？而且到底有什麼話必須告訴我們？我相信只要解開暗號，就可以找到答案。」

「但是，我們有辦法解開暗號的謎題嗎？」

小結不安地問。她完全無法想像，到底要怎麼找到那些根本看不懂是什麼意思的謎題答案。

「應該有辦法。」舅舅說。

「真的嗎？」

小結內心的不安更加強烈了。夜叉丸舅舅說的話太不可信了，但他看起來很有自信，緩緩低頭看向自己手中的便條紙。

「至少第一道謎題並不會太難。」

「你是說一千零一蓮華王那一題嗎？」

小結探頭看著便條紙問，舅舅點了點頭說：

「蓮華王就是千手觀音，因為千手觀音的別名就叫蓮華王，而且京都的東山，有一座祭拜蓮華王的知名寺院，而且寺院的名字就叫蓮華王院，又稱三十三間堂。」

「但是……只有這座寺院祭拜千手觀音嗎？是不是還有其他寺院祭拜？」

夜叉丸舅舅聽了小結的問題，臉上露出了得意的笑容。

「蓮華王院和其他寺院的不同之處，就在於那裡祭拜的千手觀音的數量超級無敵多。三十三間堂內總共有一千零一尊千手觀音。」

「原來是這樣！」

小匠叫了起來。

「所以一千零一蓮華王，就是指這一千零一尊千手觀音吧？只要知道有什麼東西從三十三間堂的屋簷下飛過去，就解開謎題了！到底是什麼東西？」

「這我就不知道了。」

小結和小匠聽了夜叉丸舅舅的回答，忍不住失望地互看了一眼。

但是，夜叉丸舅舅完全沒有氣餒，對他們說：

「那我們就去三十三間堂。」

「什麼？」

小結驚訝地看著舅舅，舅舅笑著點了點頭說：

「我們要去那裡找答案，別忘了我們有優秀的導航。」

小結和小匠這才想起這件事，看向小狐丸的方向。小狐丸默不作聲地站在石階上方，不知道有沒有聽到夜叉丸舅舅說的話，臉上露出了微笑。

小匠突然不安地抬頭看著言問杉。

「……小萌在哪裡？不知道她現在怎麼樣了。」

夜叉丸舅舅壓低了聲音，靜靜地回答說：

「有些活了好幾百年的老樹，本身就是連結這個世界和異界的門。有時候走在山裡，結果卻走進一個完全陌生的世界……這種時候，通常都是在不知不覺中，走過了那種樹木的門。小萌目前應該不在這個世界。」

小結覺得心臟好像被人用力抓住。

小萌消失了，她不在這個世界。舅舅的話在小結的心底迴響。

小結當然也已經察覺了這件事。因為即使豎起順風耳，既完全感受不到小萌的動靜，也完全聞不到她的氣味。

小萌不見了，她從這個世界，被帶去另一個世界了。

「走吧！」

小結對小匠和舅舅說。

「趕快找到答案，盡可能趕快……趕快找到正確的問題，把小萌帶回來……」

「嗯。」小匠點著頭。

夜叉丸舅舅再次仰頭看著杉樹，用力點了點頭。

「真是夠了，所以就只能暫時放下尋寶了，總之，現在就先聽從言問杉的指示吧。」

夜叉丸舅舅指示小狐丸：

「小狐丸，你應該聽到了吧？請你帶我們去三十三間堂。」

6 七條

小結、小匠和夜叉丸舅舅跟著小狐丸，急急忙忙走下石階，跑過稻荷堂前，來到了剛才那座橋上。周圍的風景又開始模糊，狐洞入口打開了。

這次的隧道出口，也是在一座橋上。

這次的橋很大，也很熱鬧。橋的中央有車道，兩側欄杆旁是人行道。過橋後，前方是路口，號誌燈的支柱上有「七條大橋」的牌子。

小狐丸似乎很瞭解前往目的地的路該怎麼走，走過那座橋後，就

直直走向大馬路。不知道是不是因為小萌不在，還是察覺到小結他們心急如焚，小狐丸走路的速度很快。

筆直的路上，有屋簷很低的店家、時尚的咖啡店，還有便利商店和民宅。房子和房子之間不時有像貓徑般狹窄的小路，小路的深處也可以看到店家的招牌，簡直太有趣了。

不一會兒，前方就出現了泥土圍牆。走過大路口的斑馬線，剛好就是進入寺院內部的入口。圍牆上有一塊很大的牌子，上面寫著『國寶三十三間堂』幾個字。

「就是那裡吧？」

小匠指著牌子問，夜叉丸舅舅點了點頭。站在斑馬線前等紅燈的人群，似乎都要前往三十三間堂。小結他們附近有一群手上拿著觀光簡介聊天的外國觀光客，周圍有許多外國人，有背著背包的年輕金髮女子，也有銀髮的熟年夫妻，還有一家人說著中文。

書道教室

不愧是京都啊……小結在心裡這麼想。雖然都是日本，但這裡和小結他們住的地方完全不一樣，無論街道的風景和街上的人，都不一樣……。

小結欣賞著周圍的風景，前方的號誌燈變成了綠燈。小狐丸走過斑馬線，走向牌子旁的大門。夜叉丸舅舅和小匠跟在小狐丸身後。

小結最後一個走進圍牆內時，發現夜叉丸舅舅已經跑去售票處買票了。

「一個大人，兩個小孩。」

人類根本看不到的小狐丸當然不用買票。雖然有很多人來參觀三十三間堂，但完全沒有人看小狐丸一眼。

穿越通道，走進三十三間堂，那裡有一個公用電話。小結看著那台綠色的電話，想起了和媽媽的約定。

——如果有什麼狀況，妳也要馬上打我的手機。

媽媽出門去爺爺的醫院前，曾經這麼叮嚀小結。目前的情況已經不是「有什麼狀況」這麼簡單而已。

如果媽媽知道我們和夜叉丸舅舅一起來到京都，而且小萌又被帶去另一個世界，不知道會說什麼。

在內心深處翻騰的不安，又再次湧上心頭。

「走吧。」

夜叉丸舅舅準備走向正殿時，小結向舅舅提議。

「舅舅，是不是打電話給媽媽比較好？」

「這可不行。」夜叉丸舅舅不加思索地說：「妳應該知道，言問杉特地叮嚀我們『不可洩漏』，無論是爸爸還是媽媽，或是其他人，都不可以向他們透露這個祕密。妳不要忘記，這都是為了小萌。」

「但是……我覺得至少應該告訴媽媽，我們和你一起在京都……」

小結堅持己見。

「因為我想媽媽他們會打電話回家，家裡沒有人接電話，他們現在一定很擔心。」

「這件事完全不必擔心。」

夜叉丸舅舅帶著莫名的自信斷言道。

「為什麼？」

小結有一種不祥的預感問道。

「因為這件事，我已經交代小季處理了。」

「啊？小季？你請小季怎麼處理？」

「就是接電話啊。」

夜叉丸舅舅移開視線，簡短地回答。

「接電話是什麼意思？」

小結追問道，夜叉丸舅舅仍然不敢看她。

「就是啊……因為你們都來這裡了，所以我就用念力，請小季趕快去你們家。因為如果你們的媽媽打電話回家，你們不在家的話，可就傷腦筋了。」

夜叉丸舅舅的態度太奇怪了。小結繼續追問。

「但是，如果只有小季接電話，不讓我們聽電話，媽媽不是會覺得奇怪嗎？」

「不，不會有問題。」

夜叉丸舅舅很乾脆地回答，但他全身都散發出不想聊這件事的感覺。小結窮追不捨地問：

「為什麼不會有問題？舅舅，你請小季怎麼接電話？」

「就是……」

小結探頭看著夜叉丸舅舅的臉，夜叉丸舅舅避開她的視線，結結巴巴地說：

「我請小季當妳、小匠和小萌的替身。如果你們的媽媽打電話回答，就叫她用你們的聲音接電話。」

「怎麼可以這樣！」

小結很受不了地大叫起來，「你要求小季偽造不在場證明嗎？」

舅舅又結結巴巴地辯解說：

「不，不在場證明是證明不在犯罪現場……，這次是假裝你們在家，所以稱不上是不在場證明。」

「這不重要，你不是請小季假扮成我們，欺騙爸爸和媽媽嗎？」

「沒問題嗎……」小匠嘀咕道，「爸爸和媽媽不會發現嗎？」

小匠為莫名其妙的事擔心，夜叉丸舅舅興奮地向他保證：

「當然沒問題，小季可是變身高手，對她來說，模仿你們的聲音根本是雕蟲小技。別擔心，別擔心。」

「我很擔心！」小結咄咄逼人地說：「這樣好像我們變成你陰謀

詭計的幫凶了！」

夜叉丸舅舅一臉為難的表情看著小結說：

「哪是什麼陰謀詭計，說什麼幫凶，未免太難聽了……，妳要說是協助。我們三個人現在不是為了營救小萌齊心協力嗎？先專心尋找三條線索的答案，等處理完這件事，再來擔心妳爸爸和媽媽的事也不遲……」

小結最後放棄打電話給媽媽。雖然感覺好像被舅舅說服，讓她心情很惡劣，但是仔細想一想，發現如果打電話給媽媽，就不可能隱瞞小萌的事，這樣就變成小結他們沒有遵守「不得洩漏祕密」的約定。

爸爸，媽媽，對不起。

小結看著綠色電話，在心裡道歉後，跟在夜叉丸舅舅身後，走向蓮華王院的正殿。

走進正殿之前，舅舅先繞去前方的庭院，想要從外側觀察正殿整體的感覺。經過正殿左側的轉角處，從庭院的方向打量，看到了很長的正殿，簡直可以用來當電車的車庫。

「目前並沒有看到什麼東西飛過去。」

夜叉丸舅舅打量正殿的屋簷後説道，小結和小匠也都點了點頭。

『一千零一蓮華王，所在佛殿屋簷下，呼嘯一聲飛過去，到底是何物？』

似乎無法馬上找到這個謎題的答案。到底該去哪裡，找什麼東西呢？小結忍不住輕輕嘆了一口氣，聽到夜叉丸舅舅說：

「我們先去正殿看，搞不好哪裡隱藏了可以解開謎題的線索。」

於是三個人決定從位在角落的入口，走進正殿參觀。

脫下鞋子，來到鋪了木板的走廊上，沿著寫了『行進方向』的標識向前走，立刻看到了祭祀一千零一尊觀音像的內陣。一走進正殿，小匠立刻小聲叫著：「好壯觀！」小結也被眼前的景象震懾，忍不住倒吸了一口氣。

一千零一尊金色佛像擠滿了細長形的正殿，在昏暗光線中發出微弱的亮光。光是這麼多佛像聚集一堂的景象，就已經很難得一見了，而且這裡祭祀的佛像全都是千手觀音像。觀音的頭上還有十一個小佛頭，挺直的背後，有好幾十條手臂，所有的觀音嘴角都露出淡淡的笑容，在格子窗戶照進來的微弱光線中，排排站在一起的樣子很震撼，讓人肅然起敬。

線索在哪裡？什麼東西飛過屋簷下？

小結打量著粗大的柱子、昏暗的天花板，和面帶微笑的佛像，隨著人潮，沿著正殿通道緩緩前進。剛才在售票處買的參觀券上有三十三間堂的簡介，小結看著簡介的內容，參觀著眼前的佛像。

眾多觀音像的前方，觀音的護法二十八部眾、風神、雷神像排成一行。夜叉丸舅舅和小狐丸走在人群前，小結、小匠稍微拉開距離。

走在小結前方的小匠站在雙手拿著弓和箭的『金毘羅王』像前，回頭對小結說：

「妳覺得真的有京城狐狸的寶物這種東西嗎？那些謎題的答案，和寶物的下落有關嗎？」

「噓！」小結忍不住示意小匠閉嘴。夜叉丸舅舅再三提醒不可以告訴任何人京城狐狸寶物的事，所以小結覺得小匠在大庭廣眾之下提到這個名字不太好。小結彎著身體，在小匠耳邊小聲地說：

「萬一被人聽到怎麼辦？」

小結再次感到背脊發冷。她悄悄轉頭看向後方想要確認，但只看到通道上擠滿了觀光客。走在小結後方的情侶看到她停下來東張西望，影響了秩序，不耐煩地瞪了她一眼。

「怎麼了？」小匠問。

「不，沒事……」

小結慌忙回到隊伍中，但內心仍然無法平靜。

好像有人在偷窺……

她產生了這樣的感覺。和剛才走在石階上，走去月光寺遺跡時一樣。她當時也覺得樹木的影子好像在微微晃動，目前籠罩正殿的昏暗中，也似乎有什麼東西在蠢蠢欲動。只是因為動靜太微弱，她無法捕捉到，但在那個瞬間，的的確確感受到有強烈的視線看過來。

不計其數的千手觀音像展示區暫時結束，內陣中央是必須抬頭仰望的本尊。那是更加巨大的千手觀音座像。本尊的另一側，還有另外五百尊千手觀音像。

小結內心突然想起了京城狐狸的老爺爺說的話。

——**京都是一個魑魅魍魎和怨靈聚集的地方**。

小結搖了搖頭，試圖把這句話趕出腦海。她走在人群中，悄悄豎起了順風耳。

觀光客的談話聲立刻傳入她的耳朵。

「簡介上寫著，『正確的名字是十一面千手千眼觀世音』，為什麼是千眼？不是只有兩隻眼睛嗎？」

「觀音的手掌上也有一隻眼睛，然後有一千隻手，所以就有一千隻眼睛。」

「你仔細看佛像的臉，據說一定可以看到和自己想念的人長得一模一樣的臉。」

「聽說建造這座寺院的後白河法皇有嚴重的頭痛，於是就許願『希望可以治好我的頭痛』，在願望終於實現的那一天，夢見了一位高僧。那位高僧告訴他：『你的前世是熊野的一名和尚，名叫蓮華和尚。那個蓮華和尚的骷髏被柳樹的樹根貫穿，目前仍然沉在河底，所以只要風一吹，柳樹飄動，你就會頭痛。』於是，後白河法皇就派人打撈，果然如夢中的神諭，在河底找到了被柳樹樹根貫穿的骷髏頭。

法皇用那棵柳樹作為這個正殿大樑，然後祭拜觀音菩薩。聽說那個骷髏頭就放在觀音像中。」

……不行，完全捕捉不到任何動靜。

小結悄悄嘆了一口氣。她並沒有感受到任何可疑的動靜，也並沒有察覺到有神鬼混入了正殿中，只不過也可能像小狐丸一樣，雖然不是人類，但也完全感受不到任何氣息——。她覺得目前這個空間內，也有類似的東西。

她又聽到了別人的說話聲。

「聽說是因為柱子和柱子之間的空間有三十三個，所以稱為三十三間堂。」

最後一根柱子就在前方。小結很想趕快離開正殿。這裡的空氣比外面沉重，也許是因為正殿內累積的數百年的時間，讓正殿內的黑暗更深，空氣也更加不流通……。

「給我身體。」

小結在人群的說話聲中，聽到了這個聲音。

「啊？」

小結大吃一驚，尋找聲音的方向。是自己聽錯了嗎？「給我身體」是什麼意思？

「喂！小結！小匠！」

聽到夜叉丸舅舅的叫聲，小結瞪大了眼睛。不知不覺中，夜叉丸舅舅和小狐丸已經走到很前面了，小結他們一路走來的筆直通道已經接近終點，前方的通道轉向右側。

舅舅在轉角處探出頭叫他們：「喂，趕快過來。」

「你們趕快過來，我找到答案了！」

「什麼？答案？」

小匠驚訝地看向小結。

「快過去。」

小結對弟弟說完，撥開人群，加快腳步走向幾公尺前方的轉角。

他們終於走到了細長形正殿的盡頭，正準備向右轉時，小結又聽到了剛才的聲音。

「我想要身體，給我身體。」

「什麼？」

小結感覺到自己的脖子起了雞皮疙瘩，左顧右盼著。

但是，她沒有看到任何東西，也聽不到任何聲音。她無法分辨是誰在說話，只看到參觀觀音像的人潮，和一片望不到盡頭的黑暗。

「小結！」

有人抓住了她的手臂，她差一點跳起來。夜叉丸舅舅抓住了她的手臂，發亮的雙眼看著她茫然的臉，然後拉著她的手臂，邁開了步伐。小匠緊緊靠在舅舅身旁，小狐丸也走在舅舅身旁。

他們在通道盡頭右轉，筆直地走了一段路，再次右轉，來到了祭祀觀音像的內陣後方。他們剛才從入口進入正殿的最深處，然後現在又往回走，要從正殿的相反方向回到入口處。內陣後方通道的牆邊，展示了蓮華王院相關的物品。拉著小結沿著通道向前走的夜叉丸舅舅突然停下了腳步，然後對他們說：

「唉！我真是傻瓜，我真是大傻瓜！」

「啊？你是傻瓜？」

小匠問，舅舅點了點頭說：

「沒錯，我就是傻瓜、傻瓜。剛才就知道謎題指的是三十三間

堂，為什麼沒有想到這件事？我應該馬上想到才對。」

「想到什麼？」

小結問。舅舅又嘆了一口氣，然後指著對面牆邊的某一點說：

「那個。答案就是那個。」

小結和小匠都大吃一驚，看向舅舅手指的方向。牆邊的玻璃櫃內有一把歷史悠久、很巨大的古董弓。

「弓？」

小結嘀咕著，夜叉丸舅舅搖了搖頭說：「不是，是矢，也就是箭。飛過屋簷下的是箭。」

「根本沒有箭飛過去啊。」

夜叉丸舅舅聽了小匠說的話，輕輕搖了搖頭說了起來。

「是遠射箭。三十三間堂最有名的就是遠射箭，只要是熟悉京都的人，沒有人不知道這件事。但是我在看到這個些展示品之前，完全沒有想到遠射箭，所以才會說自己是大傻瓜。」

「我們也不知道。遠射箭是什麼？」

小結迫不及待地問。夜叉丸舅舅又繼續向他們說明。

「遠射箭是一項射箭的競技。江戶時代，在正殿西側的簷廊上舉行這項比賽。你們也看到了，三十三間堂的南北方向很細長，從北端到南端距離超過一百公尺，所以會在這裡舉行把箭靶設置在其中一端，然後站在另一端射箭，射中箭靶的比賽。這裡展示的弓和箭，以及許多繪馬，都是自古以來，遠射箭比賽的紀念品。在簷廊上射箭，就是在佛殿的屋簷下射箭。在三十三間堂的屋簷下呼嘯一聲飛過去的東西……就是『矢』。」

「矢……。所以第一道謎題的答案就是『矢』嗎？」

小匠仔細注視著比他的身高更高的巨大古董弓。

小結的雙眼也被發出黑黑亮亮的弓所吸引。她想像著從這把弓射出的箭，咻地一聲，飛過屋簷下的情景，忍不住在心裡小聲地說。

沒錯，這就是答案。

7 府立圖書館

從經過內陣後方的通道角落，可以看到古代舉行遠射箭比賽的簷廊。因為無法走去簷廊，所以夜叉丸舅舅提議說：

「我們去庭院看一下。」

當他們來到戶外時，小結用力吐了一口氣。因為終於離開了陰森的黑暗空間，全身的緊張一下子放鬆了。不要再去想剛才聽到的聲音了，那一定是某個遊客惡作劇說的話，自己神經太緊張了，所以順風耳才會捕捉到那種沒有意義的話……。小結用這種想法說服了自己。

小結他們走在寺院院子的碎石子上，繞到正殿西側的庭院。站在庭院觀察，發現瓦屋頂屋簷下方的簷廊真的很長，完全可以想像，從這麼遠的距離射中箭靶是多麼困難的事。放在簷廊另一端的箭靶看起來一定只是小小的點。

「太厲害了，原來以前有射箭高手……」

小結語帶佩服地說，站在她身旁的小匠陷入了沉默，什麼話都沒說。小結轉頭一看，發現小匠沒有看向正殿的方向，而是目不轉睛地看著庭院相反的方向。那裡是三十三間堂的南側。

小匠站在那裡，看向自己的左側。小結順著他視線的方向看去，看到那裡有一個石頭鳥居。

「稻荷堂？」

鳥居後方茂密樹林的角落，是祭祀稻荷神的小型稻荷堂。走在前面的夜叉丸舅舅發現小結和小匠停在原地，又走了回來。

「怎麼了？」

即使舅舅這麼問，小匠仍然站在原地不動。他好像很驚訝地瞪大了眼睛，完全沒有說一句話。

小結和夜叉丸舅舅互看了一眼，不知道發生了什麼事，然後又看向小匠注視的稻荷堂。

「原來是在這裡……」

這時，小匠小聲說道。

「什麼是在這裡？」

小結問，小匠終於眨了眨眼睛，看著小結說：

「就是這裡。就是……那隻叫宗舟的狐狸，和他的情人約好見面的地方……。但是，他沒有看到他的情人，等在那裡的是一群陌生人。那些人從稻荷堂後方衝出來，包圍了狐狸宗舟……包圍了宗舟變身的男人，雙方吵了起來。還有狗在汪汪叫。那隻狗撲向宗舟時，宗

舟立刻變成了狐狸。……一定是因為被狗咬之後，露出了狐狸尾巴。那隻狐狸……那隻狐狸一定就是宗舟。」

小匠看著屏住呼吸的小結和夜叉丸舅舅，然後又重複了和剛才相同的話。

「就是這裡。這裡就是狐狸宗舟遭到暗算的地方。我剛才看到了，看到了宗舟被埋伏在這裡的人暗算。」

「嗚哇……」夜叉丸舅舅發出了奇怪的聲音，「你說你看到了……所以，是你的時光眼看到了過去？看到了三百年前的事嗎？」

小匠點了點頭。

小結從狐狸族繼承了順風耳的能力，小萌繼承了魂寄口，小匠繼承了時光眼。時光眼具有看到時光河流中的過去和未來，但是小匠的能力還不夠完善，也很不穩定，有時候可以看到，有時候無法看到，和他的意志和希望完全無關。就好像在看一台壞掉的電視，明明沒有打開，卻會自動出現影像，有時候又什麼都沒有，剛才應該也是眼前突然出現了他根本不打算看的景象。小結看著一臉茫然的弟弟，問夜叉丸舅舅。

「你覺得是真的嗎？小匠看到的景象，真的是三百年前在這發生的事嗎？那個被狗咬了之後，變成狐狸的男人，真的就是宗舟嗎？」

「我想……應該……十之八九。」夜叉丸舅舅說，「雖然小匠還無法控制他的時光眼，但不是會因為什麼契機，讓他有辦法看到嗎？讓他可以接受到和眼前發生的事相關的過去和未來，無法看到毫不相干的事。……既然這樣，應該就是小匠說的那樣，他看到了三百年前，宗舟在這裡遭遇的事。」

舅舅和小結、小匠離開了正殿，來到了位在庭院角落的稻荷堂前。那裡豎了一塊寫著『久勢稻荷大明神』的牌子，夜叉丸舅舅輕輕推了推頭上的帽子，抬頭看著紅色鳥居。

小結也站在舅舅身旁，一起抬頭看著鳥居時問：

「你覺得小匠在這裡看到的景象也有關嗎？……我的意思是，這也是找到正確問題的線索嗎？」

「不知道。」

夜叉丸舅舅瞥了一眼仍然注視著稻荷堂的小匠，嘆了一口氣，

「雖然不知道，但是現在只能先解開那三道謎題。只要找到那三個答案，瞭解這三個答案顯示的內容，到時候應該就知道言問杉那些話到底是什麼意思。」

夜叉丸舅舅說完這句話，又陷入了沉思，小結問他：

「那接下來要去哪裡？」

舅舅好像如夢初醒般眨了眨眼睛，看著小結說：

「……嗯，對喔……。接下來要去圖書館。」

「什麼？要去圖書館？」小結問，「去了圖書館，就可以找到第

二道謎題的答案了嗎？」

夜叉丸舅舅搖了搖頭回答說：

「我們要先查資料，必須先去圖書館查資料，才能找到第二道謎題的答案。」

小匠聽了舅舅的回答，納悶地歪著頭問：

「舅舅，你沒有智慧型手機嗎？」

小匠可能覺得，如果想查資料，只要用手機或是智慧型手機就可以搞定。

「喂、喂，你以為我是誰啊。」

夜叉丸舅舅皺著眉頭看著小匠說：

「我是狐狸啊，狐狸有智慧型手機不是很奇怪嗎？俗話不是都說，『對牛彈琴』、『緣木求魚』、『向狐狸要手機』嗎？」

「啊？原來有這種說法……」

「沒有第三種說法。」

「好了，小狐丸，那就拜託了。」

夜叉丸舅舅在稻荷堂前對小狐丸說：「請你帶我們去一家大型圖書館，可以調查有關京都大小事的地方。」

小狐丸笑了笑，邁開步伐。於是，小結一行人離開三十三間堂。

他們穿越了街道，來到剛才曾經經過的七條大橋上，當他們沿著和剛才來這裡的時候相反的方向走在橋上，周圍的風景扭動，七彩和光的隧道吞噬了他們。隧道的出口是另一座橋。這次是一座紅色欄杆的小橋，狐洞的出入口似乎都在跨越河流的橋上。小橋的正前方是一個紅色大鳥居，夜叉丸舅舅指著大鳥居向他們說明：

「這是平安神宮的大鳥居，著名的祭典時代祭，就是這座神社的秋天大祭。」

他們走過大鳥居旁，左側是一棟古色古香的建築物。小狐丸直直地走向那棟建築物。那裡似乎就是圖書館。走近一看，發現石頭建造的建築物上方，用古典的字體寫著『京都府立圖書館』幾個字，牆上有拱形的窗戶，深色的石板瓦屋頂下方，也有圓形的裝飾窗。

小結等人從正面玄關走進了圖書館。走進入口的自動門，繼續往裡走，就是閱覽室，閱覽室內瀰漫著書的味道。他們走進閱覽室後，小狐丸退到牆邊的書架前，靜靜地站在那裡。圖書館內來來往往的人，都沒有發現小狐丸。

小結和小匠在陌生的圖書館內張望，夜叉丸舅舅立刻發現了他想要找的書架，直直走了過去。通往地下室的螺旋階梯入口後方的書架上，都是京都相關的書籍。

小結和小匠跟在夜叉丸舅舅身後，走向京都書籍的區域，夜叉丸舅舅正從書架上拿出好幾本京都市區地圖的書。小結問舅舅：

「你在找什麼？」

舅舅沒有回答小結的問題，走到旁邊的桌子上，攤開從書架上抽出來的京都市道路地圖翻了起來。他翻開其中一頁，打量了片刻後，從襯衫口袋裡拿出便條紙，上面是他剛才重新抄寫的言問杉說的話。

小結和小匠把頭湊了過去，看著攤在桌子上的地圖和便條紙。

「聽好了，」夜叉丸舅舅小聲說話，擔心被周圍的人聽到，「你們看這裡。」

舅舅指著便條紙上寫的、言問杉剛才說的第三句話。

『下之長者和三條，居中的棚架，到底為何名？』

「是第三道謎題嗎？」

小匠看著便條紙小聲問，舅舅點了點頭，然後輕輕指著市區地圖上的一個地方說：

「你們看，就是這裡。」

小結把臉湊近寫了小字的市區地圖，試圖尋找舅舅指著的位置。

馬路像棋盤般縱橫交錯，在東側有一條由北流向南側的大河。那就是「鴨川」。市區到處可見的長方形綠色空間是神社、寺院或是公園，其中最大的綠色區塊中寫著「京都御苑」的名字。舅舅手指著京都御苑左側的位置。小結在地圖上密密麻麻的文字中，突然看到了一個名字。

『下長者町通』。

「啊……」

小結和小匠幾乎同時叫了起來。那是京都御苑左側那條東西向的路的名字。

「下長者町通！」

夜叉丸舅舅聽到小匠輕聲說出了那條路的名字，點了點頭，然後把放在地圖上的手指稍微移向下方，指著某個位置。小結這次很快就找到了要找的路。

「三條通！」

小結輕輕叫了一聲，舅舅再次點了點頭，小聲地說：

「我在重新抄寫言問杉說的話時，馬上就發現了這件事。我記得京都有兩條路名就叫這個名字。」

「所以……」

小結看著地圖問舅舅：「所以第三道暗號的謎題，就是這兩條路中間的棚架叫什麼名字嗎？」

「『居中』是什麼意思？」

小匠接著問道，夜叉丸舅舅抽動著鼻子，得意地看著小結和小匠說：

「我猜想這裡的『居中』就是位在這兩條東西向馬路中間的意思……也可能是指連結這兩條東西向馬路的南北向馬路……。這是我的猜想。……所以，我剛才在找這條路，尋找在這兩條馬路之間的答案。結果被我找到了，有一條馬路真的有『棚』這個字。」

夜叉丸舅舅故弄玄虛，故意不指出那條馬路的位置，所以小結和小匠只能拚命在地圖上找答案，他們仔細察看三條通和下長者町通之間的每一條路。

「啊！找到了！」

小匠先叫了起來。他的聲音響徹了安靜的閱覽室，小結瞪著弟弟，對他說了聲：「噓！」即使被小結瞪，小匠仍然心情愉快地指著地圖上的一點說：

「是不是這裡？是不是這條『衣架通』？」

小結看著弟弟一臉得意的表情覺得很惱火，看著地圖上的字，糾正了弟弟唸錯的字。

「哪是什麼『衣架通』，明明是『衣棚通』。」

夜叉丸舅舅笑了起來說：

「嗯，的確是『衣棚』。三條通和下長者町通之間，只有這條南北向的衣棚通是路名中有『棚』這個字。這是第三道謎題的答案。」

「是我先發現的。」

小匠惹人討厭地小聲說道，小結不理會他，問夜叉丸舅舅：

「衣棚通……，所以答案是『衣』嗎？」

「沒錯，現在知道，三個關鍵字中的其中兩個分別是『矢』和『衣』，問題在於第二道謎題的答案。關於這一道謎題，我就完全沒

有任何頭緒了。我認為『智證大師』應該是和尚的名字，只是如果不知道這個和尚是誰，根本無從調查起。」

夜叉丸舅舅低頭看著便條紙上的字沉思著，小結也目不轉睛地看著第二道謎題的那句話。

『帶領智證大師巡遊峽谷者，到底是何人？』

「到底要去哪裡找呢……？」

舅舅環顧著閱覽室，嘆了一口氣。要在放滿書架的這麼多書中，找出可能隱藏了這道謎題答案的書未免太難了。

小匠也打量著周圍的書架，愁眉苦臉地說：

「不知道有沒有關於和尚的百科全書之類的。」

小結輕輕吸了一口氣，下定了決心，語氣堅定地說：

「我去問一下。」

「啊？妳要去問誰？」

夜叉丸舅舅大吃一驚地看著小結，小結鎮定自若地回答：

「我去問圖書館櫃檯的工作人員。之前去學校附近的圖書館參觀時，圖書館員告訴我們，除了借閱或是歸還圖書館的書以外，圖書館還提供我忘了叫什麼名字的服務……，呃，資格服務？……不對。……好像諮商服務……？反正就是會提供這樣的服務。」

「那是什麼服務？」

舅舅一臉茫然地問。

「就是可以回答很多問題。比方說『我想找這附近好吃的披薩店』，或是『請問離這裡最近的耳鼻喉科診所在哪裡？』……。當然，也可以問有關書的事。比方說，如果問『我想找一本可以簡單製作生巧克力的食譜書』，圖書館員就會幫忙找，所以我要去問一下，就說『我想查有關智證大師的資料』。」

夜叉丸舅舅張著嘴，眨著眼睛，看著小結的臉片刻，然後「嗯」

了一聲，拍了拍小結的肩膀。

「好，那就走吧，就利用妳說的資格服務，請圖書館員協助我們找答案。」

「我已經說不是資格服務了……」

小結嘟起了嘴，舅舅闔起了攤開的地圖，放回書架上。

他們一起去一樓的櫃檯打聽後，得知諮商櫃檯在地下一樓。小結他們走下一樓中央的螺旋梯，來到了地下一樓。

小結找到了諮商櫃檯，小匠和舅舅也跟著走了過去。

「不好意思，我想請教一下……」

小結站在最前面，問櫃檯內穿著黑色圍裙，個子矮小的阿姨。

「請說。」

阿姨正在整理別人歸還的書，抬頭看著小結。她戴著黑框眼鏡，小結在她那雙小眼睛的注視下，緊張地問了自己想問的問題。

「呃……我想找一本書……請問有沒有介紹智證大師的書？」

「智證大師？」

阿姨輕輕推了推眼鏡，微微歪著頭問：

「妳說的智證大師，是天台密教的智證大師嗎？」

「啊……這樣啊？原來是添台、蜜教？」

小結好像鸚鵡學舌般重複著，圍裙阿姨面帶微笑，口齒流利地向她說明。

「說到智證大師，首先就會想到天台宗的和尚圓珍。智證大師是圓珍的謚號，也就是死去之後所給予的稱號。圓珍被認為是天台寺門宗派的鼻祖，他是知名的弘法大師空海的外甥，但是他並不是空海的弟子，而是最澄的弟子。妳要找介紹這位智證大師的書嗎？」

「不……，我也不太清楚，不知道他是不是什麼氏門宗派，還是什麼紅髮大師的親戚……」

小結香香吐吐，然後轉頭看向身後的兩個人，向他們求助。

夜叉丸舅舅從小結的身後探出身體，突然直截了當地問：

「那個人有沒有跟著誰去狹谷？」

「啊？」

阿姨顯然嚇了一跳，看著夜叉丸舅舅，沒想到小匠也探出頭，乘勝追擊地問圍裙阿姨：

「我們想知道到底是誰帶那個人去峽谷，請問妳知道嗎？」

「啊？」

阿姨更加吃驚了，眼鏡後方的眼睛瞪得圓圓的，輪流看著小結他們三個人。小結慌忙說：

「啊……，呃……，請妳告訴我，介紹那個人的書在哪裡。……呃……其他的事，我們會自己查，沒問題的。」

小結滔滔不絕地說了一大堆話，希望阿姨趕快忘記舅舅和小匠說的話，然後用雙肘把趴在櫃檯上的兩個人推向身後。

圍裙阿姨回過了神，坐在櫃檯上的電腦前敲打著鍵盤。她注視著螢幕，不一會兒，列印出兩筆相符的資料，然後在上面寫了幾個字，面帶微笑地遞給了小結。

「請妳去找三十五號書架，就是『宗教．歷史』的書架，然後在書架上尋找有這個索書號的書。如果找不到，再請妳來找我，我會協助妳一起找。」

「謝謝。」

小結接過那張紙，急忙離開櫃檯。夜叉丸舅舅和小匠也跟過來。

小結走去地下樓層深處的三十五號書架時，生氣地小聲數落另外兩個人。

「唉，你們兩個人！真是拜託你們不要亂問好嗎？什麼『那個人有沒有跟著誰去狹谷？』，也太白痴了！還有什麼『我們想知道到底是誰帶那個人去峽谷』，問這種問題，別人怎麼可能知道答案？」

「是嗎？我倒覺得我的問題很精準啊。」

舅舅似乎難以接受，和小匠互看著。小結不想理他們，快步走去三十五號書架。她看著圍裙阿姨給她的紙，尋找那兩本書。沒想到很快就找到了，她在放著『佛教』相關書籍的書架上找了一下，很幸運地馬上看到了紙上寫的索書號。

她把紅色封面的《天台密教超人列傳》和藍色封面的厚書《傳教大師和他的弟子們》這兩本書放在桌上，他們三個人圍住那兩本書。

「你和舅舅負責這本書。」

小結立刻把不僅很厚，而且字很多的《傳教大師和他的弟子們》推到小匠面前，自己翻開了紅色封面的《天台密教超人列傳》，這本書上有許多照片和插圖。

「姊姊，妳會不會太奸詐了？這本書有很多字。」

小匠意興闌珊地翻著藍色封面的書抱怨著，小結不理會他，從紅色封面的目錄中，開始尋找那個名字。

找到了！『第五代天台座主．圓珍』——就是這個名字！剛才的圍裙阿姨說，圓珍就是智證大師。阿姨還貼心地在寫了索書號的紙上，寫了『智證大師（圓珍）』這幾個字。小結根據目錄，翻到了那一頁，看到了巨大的標題，和看起來像是圓珍像的木雕像照片。

『第五代天台座主．圓珍 具有靈骸和雙瞳的奇特高僧。』

小結完全看不懂是什麼意思。靈骸和雙瞳是什麼？她納悶地繼續

看了下去，發現一開始的文字就說明了這兩件事。

靈骸指的是頭頂骨隆起的巨大腦袋，雙瞳就是有兩個瞳仁。圓珍是有巨大的腦袋和雙瞳這些難得一見面相的和尚。尤其是被稱為靈骸的頭骨，是中國的巫術師用來占卜未來的道具，所以據說圓珍的頭也成為目標，小結看了感到毛骨悚然。看了說明之後，再重新看照片，發現圓珍的照片中，他的頭頂的確尖尖的，看起來好像三角形的飯糰。

書上除了說明圓珍的面相，還介紹了他的生平、功績，以及生涯中的各種奇蹟。他曾經祈禱一整晚，治癒了生病的光孝天皇；身在日本，看到了中國青龍寺發生的火災，以及預告了自己的死期。

小結回過神時，發現小匠和夜叉丸舅舅把藍色的書丟在一旁，也湊過來看她正在看的那本《天台密教超人列傳》。三個人都聚精會神地看著圓珍相關的內容，在即將看完……的時候，夜叉丸舅舅指著正文下方四方形框框內的報導叫了起來。

「喂！」

舅舅叫得很大聲，小結嚇了一跳，抬頭看著舅舅。小匠也驚訝地看著夜叉丸舅舅。

「這裡！你們看這裡！」

舅舅看著自己手指的地方，壓低了聲音對他們說。

那篇內容的題目是『圓珍和鹿之谷』。

京都至今仍然保留的『鹿谷』這個地名，來自圓珍曾經造訪該地時，不知道從哪裡出現了一頭鹿，爲迷路的圓珍帶路這件舊事。平安時代，這裡有許多貴族的山莊，之後策劃推翻平家的僧侶俊寬的山莊也在此地，這就是所謂的『鹿谷陰謀』。

「鹿谷？」

小結看完那篇內容後，小聲嘀咕道。

「原來是鹿為圓珍帶路……」

小匠也輕聲呢喃著。

「所以……」

小結用力吸了一口圖書館的空氣，鎮定後，抬頭看著舅舅問：

「答案是『鹿』嗎？帶領智證大師巡遊峽谷的就是『鹿』，第二道謎題的答案是『鹿』，對不對？」

夜叉丸舅舅注視著小結，然後又注視著小匠，用力點了點頭。

「沒錯，第二道謎題的答案就是『鹿』，現在三道謎題都有了答案，就是『矢』、『鹿』和『衣』。」

小結發現自己心跳加速。沒想到這麼輕而易舉地解開了三道謎題。如今已經找到了三個答案，既然找到了答案，是不是會發生什麼事？會有什麼變化？小萌會回來嗎？小結帶著期待和不安，打量著周圍。

但是，圖書館內仍然靜悄悄的，完全不像是會發生什麼事。小結在觀察周圍的同時問夜叉丸舅舅：

「小萌呢？我們已經找到了答案，小萌不是就該回來了嗎？」

舅舅注視著寫了三個答案的便條紙，驚訝地抬頭，看著小結說：

「還沒有。」

「什麼？還沒有？」

小匠反問，然後和小結互看了而眼。

小結和小匠都很驚訝，夜叉丸舅舅對他們說了出乎意料的話。

「接下來才要真正開始解謎。言問杉說，要我們解開這三道謎題，找出正確的問題。我們現在知道了謎題的答案，但還沒有找到正確的問題。這三個答案應該就是線索，我們必須根據這三條線索，找到正確的問題。也就是說，那個問題才是最後的答案。」

小結失望地問舅舅：

「接下來該怎麼辦？怎樣才能找到最後的答案？」

「走吧！」

舅舅把兩本書放回書架後，突然大步穿越閱覽室，小結和小匠都大吃一驚。

「啊？走吧？要去哪裡？」

小匠在發問的同時，慌忙追了上去。

夜叉丸舅舅走去剛才的櫃檯。他毫不猶豫地走到剛才那個穿黑色圍裙的阿姨面前，輕輕咳了一下。

圍裙阿姨發現他們三個人再度出現，抬起頭問他們：

「啊喲，怎麼了？有沒有找到你們想要找的書？」

阿姨面帶笑容地問，夜叉丸舅舅用力吸了一口氣，一臉認真的表情問：

「有。我想再請教妳一個問題。請問妳聽到『矢』、『鹿』和『衣』這三個字，有沒有想到什麼？」

阿姨驚訝地張著嘴，黑框眼鏡後方的眼睛眨了幾下，然後無奈地說：「完全沒有。那是什麼？是腦筋急轉彎嗎？」

8 聲音

「聽到『矢』、『鹿』和『衣』這三個字，有沒有想到什麼？……又不是聯想遊戲……。圖書館員的阿姨聽到這個問題，露出一臉受不了的表情。」

一走出圖書館，小結立刻數落著夜叉丸舅舅。

「是嗎？……我覺得這個問題很精準啊。」

小匠在一旁嗆小結：

「姊姊，那妳知道答案嗎？妳只會抱怨，難道妳知道這三個關鍵

字暗示什麼嗎？」

小結生氣地瞪著小匠說：

「我不知道啊，正因為不知道，所以才這麼著急啊。」

「妳不要因為著急，就對弟弟發脾氣。」

「我哪有對你發脾氣？是你說話不動腦筋。」

姊弟兩人快要吵起來了，夜叉丸舅舅慌忙打斷了他們。

「喂，你們不要吵，我正在思考。」

小結和小匠互瞪了一眼，兩個人都不再說話。夜叉丸舅舅喃喃自語起來。

「如果這三個字的先後順序也有意義呢？『矢』、『鹿』、『衣』……如果這個順序有意義，那是代表什麼呢？三個字連在一起『矢鹿衣』。……鹿有兩種不同的發音。……等一下，這幾個字和數字的發音相同，矢是八，鹿就是六，衣就是一……還是代表五？京都有什麼名字有數字？還是參拜朝聖之旅的聖地？或是西國三十三所觀音巡禮的聖地？那些聖地都有號碼。我記得京都也有幾家寺院是巡禮的聖地……」

小結也說出了自己想到的靈感。

「會不會是道路的數字？比方說，由北向南的第八條路，或是從東向西的第六條路……」

「也可能只是字面上的意思。」

小匠插嘴說。

「比方說，和『矢』有關的地名的地方，有一座和『鹿』有關的神社，神社裡的『衣』中隱藏了答案。」

雖然他們走出了圖書館，但遲遲無法決定接下來要去哪裡。因為無法指定目的地，帶路的小狐丸只能輕飄飄地跟在小結他們身後。

他們經過平安神宮的大鳥居，走過圖書館旁的巨大建築物，夜叉丸舅舅沿著大馬路，走回剛才經過的那座橋。但是，這次要從橋上的狐洞入口去哪裡呢？

小結發現參道上大鳥居的影子比剛才更長了。太陽已經西斜，準備下山了。她很擔心小萌，不知道小萌會不會因為不安而獨自哭泣？

必須趕快找到答案，一定要在天黑之前，把小萌帶回來。

小結在心裡想著那三個關鍵字，好像在玩拼圖般，絞盡腦汁，思考著這三塊拼圖可以拼出什麼。

這時，突然聽到很吵鬧的聲音，有什麼東西出現在大馬路上。隆隆隆隆隆。一輛很大的機車從小結他們的身後駛來，發出了很大的聲音。坐在機車上的騎士也很高大，他戴著黑色安全帽和墨鏡，穿著黑色皮革的騎士夾克，看起來是有點年紀的大叔。大叔騎著機車，發出隆隆隆的聲音，超越了他們。

「好吵……」

巨大的噪音讓小匠忍不住皺起眉頭。小結也被機車聲打斷了思考，忍不住嘆了一口氣。

「為什麼會在京都騎這麼吵的機車？根本不搭啊，而且剛才有沒有看到？他竟然穿皮夾克，五月天竟然穿皮夾克，不覺得熱嗎？」

「喂！」

夜叉丸舅舅大叫一聲。他叫了一聲後停下腳步，突然走到他們面前，抓住了小結的肩膀。小結驚訝地抬頭看著舅舅，發現舅舅的表情不同尋常。

「妳剛才說什麼？」

小結聽了舅舅的問題，忍不住歪著頭。她完全不知道舅舅為什麼這麼緊張，自己剛才說錯了什麼話嗎？

「啊？……我是說，為什麼要騎那麼吵的機車……？我只是覺得如果是東京也就罷了，京都這個城市，和這麼大的機車根本不搭……」

「不是這句話……。不是這句話，是說那個傢伙穿的衣服！他不是穿了皮夾克嗎？」

小結完全搞不清楚狀況，點了點頭。皮夾克有什麼問題嗎？還是舅舅對皮夾克有特殊的感情？

小結不解地和小匠互看了一眼，舅舅鬆開了抓住小結肩膀的手。

「這就對了！」

夜叉丸舅舅抬頭看著遠方的天空，發自內心地興奮不已。

「這就對了！就是皮夾克！不，是皮衣，鹿皮衣！」

「啊？那件皮夾克是鹿皮嗎？你竟然一眼就看出來了。」

小匠佩服地說，舅舅焦急地用力搖頭說：

「不是！不是！不是！我不是說那個大叔騎士身上的皮夾克。」

「那是在討論誰的皮夾克？」

小結問，舅舅露出嚴肅的眼神看著小結和小匠說：

「我不是在討論皮夾克的事，而是聽到妳說皮夾克，想到了一件事。有一座知名的寺院完全符合這三個關鍵字。」

小結和小匠聽了舅舅的話，驚訝地互看著。他們終於知道舅舅為什麼這麼激動了。終於知道了。舅舅終於找到了最後的答案。

「在哪裡？那座寺院叫什麼名字？怎麼剛好有這三個關鍵字？」

小匠一口氣問道，夜叉丸舅舅看著他，露出了得意的笑容，然後鼻子又抽動起來。

「那家寺院名叫『行願寺』……，但是『革堂』的別名更有名，沒有京都人不知道那家寺院。」

「那座寺院和關鍵字有關嗎？和『矢』、『鹿』和『衣』這三個字有關嗎？」

小結問。舅舅得意地點了點頭說：

「對啊，完全符合這三個字的寺院。『革堂』這座寺院的名字，就是皮革的革，要不要我告訴你們，為什麼會有這個名字？那是因為建造那座寺院的行圓和尚，整天穿著鹿皮的皮衣。和尚竟然穿鹿皮的皮衣，是不是很奇怪？但是，這是有原因的。行圓在成為和尚之前是獵人，有一次，他用箭射死一頭鹿，結果發現那頭鹿的肚子裡有一個小寶寶。行圓為自己殺死了母鹿感到懊惱不已，於是就不再當獵人，成為和尚。為了牢記自己犯下的罪，他用母鹿的皮做成衣服，一直穿在身上，所以他被稱為革聖。」

舅舅停頓一下，再次露出得意的笑容，注視小結和小匠的臉說：

「怎麼樣？是不是完全符合？穿了用『矢』射中的『鹿』的皮革『衣』服的行圓建造的寺院，行願寺。絕對不會錯，言問杉的暗號所指的一定就是這座寺院。」

小結和小匠都瞪大眼睛，夜叉丸舅舅洋洋得意地喋喋不休起來。

「真不愧是寶物獵人！我真是太厲害了！夜叉丸大師！夜叉丸大師！喂！你們見識到了吧？我竟然轉眼之間，就出色地解開這些謎題，我的品味和本領真是沒話說！外行人根本沒辦法這麼厲害！」

噗通噗通噗通。小結內心再度興奮起來。謎題終於解開了！謎題終於解開，終於找到了三條線索所代表的地方！只要去那裡，就可以找到小萌嗎？小萌會回來嗎？想到這裡，內心深處就有一種心癢癢的感覺，忍不住想大聲叫喊，又想用力奔跑。

「走吧！快走吧！我們趕快去那座叫行願寺的寺院！」

小匠也興奮不已，催促著舅舅。舅舅點了點頭，回頭看向身後。小狐丸笑了笑，似乎已經瞭解了狀況，走到他們前面。

「出發！小狐丸！帶我們去行願寺！」

走在最前面的小狐丸再度點了點頭，邁開了步伐。夜叉丸舅舅和小結、小匠都跟了上去。

舅舅說，可以從府立圖書館走路去行願寺，但距離有點遠，所以這次也請小狐丸帶大家走捷徑。小狐丸帶著他們經過紅色欄杆橋上的狐洞，來到了名叫『丸太町橋』的橋上。

走過丸太町橋，來到一個很大的路口時，夜叉丸舅舅說：

「只要過了這個馬路，很快就到行願寺了。」

小匠走在舅舅身旁，納悶地問：

「舅舅，你為什麼對京都這麼熟悉？無論是寺院還是路要怎麼走，你都超熟悉。」

「因為我從以前就經常來京都。」

小結問：

「你來京都幹什麼？」

「幹什麼？當然是為了追求浪漫啊。」

「浪漫是什麼？」

小匠問，夜叉丸舅舅想了一下後回答說：

「具體來說，就是可愛的女生和美食。」

小結和小匠終於瞭解了，互看了一眼，點了點頭說：「喔。」

走過路上，從大馬路轉入小路後，發現舅舅說的沒錯，很快就看到了行願寺的門。

『西國第十九號聖地革堂行願寺』。

小匠看到這塊牌子後，立刻超越小狐丸跑了起來。

「找到了！就在那裡！」

「不要鬼叫，不要急。」

夜叉丸舅舅雖然這麼說，但他也加快腳步跑了起來。小結跟在他們身後，正準備走進革堂的門，停下了腳步。

小結感到有哪裡不太對勁，轉頭看向車來車往的馬路。和剛才走過四條河原町的橋時相比，太陽的角度更斜，房子的陰影也更深了，風中也帶著暮色將近的感覺。

即使她打量四周，也沒有在馬路上看到任何可疑的東西，順風耳也沒有捕捉到特別的聲音和氣味。

但是，為什麼自己仍然有遭到偷窺的感覺呢？難道是因為被京城狐狸老爺爺嚇唬之後，自己太神經質了嗎？

小結用力深呼吸，背對著馬路，努力擺脫內心的不安，然後跨過山門。

「給我身體。」

就在這時，她聽到了聲音。

「啊？」

小結轉過頭，又聽到了那個聲音。

「我想要身體，給我身體。」

那個聲音和剛才在三十三間堂的昏暗中聽到的聲音一樣，低沉模糊的聲音，就像是黑暗的水底冒出的泡沫。

小結在不知不覺中起了一身雞皮疙瘩，背脊也發涼。

但是，就只有這樣而已。即使她豎起順風耳，即使打量四周，也完全沒有發現任何東西。什麼都沒有。

「喂，小結，妳趕快過來！」

夜叉丸舅舅叫著她，小結慌忙跑向舅舅。

9 時光眼

「妳怎麼了？」

夜叉丸舅舅發現跑到他面前的小結神色不太對勁，臉色也很蒼白，於是驚訝地問她。

小結把小匠和夜叉丸舅舅拉到正殿的陰影處。小狐丸也跟著走了過來。

「我走進這裡的大門時，聽到了奇怪的聲音。」

小結心生畏懼地看著剛才經過的山門，小聲地說。

「什麼奇怪的聲音？」

小匠立刻問道。小結用力吸了一口氣，用更小聲的聲音說：

「那個聲音說，給我身體……，想要我的身體。」

「嗚呃！」夜叉丸舅舅發出了奇怪的聲音。

「這是怎麼回事？『給我身體』聽起來……簡直就像是魑魅魍魎。妳不要說這種可怕的話。」

「但是，我真的聽到了啊。」

小結小聲抗議。小匠看了看山門，又看向小結說：

「順風耳呢？妳的順風耳有沒有捕捉到可疑的聲音或是氣味？」

小結一時語塞。

「沒有。完全不行。雖然我豎起了順風耳，但完全捕捉不到任何動靜。」

「那可能是妳產生了幻聽吧。」

小匠很乾脆地說，小結忍不住生氣地說：

「才不是，我並沒有產生幻聽。在三十三間堂的人群中聽到時，我也以為自己聽到了幻聽……。但是這次又聽到相同的聲音，也未免太奇怪了，聽起來就像是從水底或是地底下湧現的泡沫聲。」

「妳在三十三堂時也聽到了？」

夜叉丸舅舅不安地四處張望著問小結，小結用力點了點頭說：

「對，我絕對沒有幻聽錯，不可能連續兩次都聽到相同的聲音。而且剛才周圍完全沒有人，但是我清楚聽到那個聲音說『給我身體』……」

「所以是魑魅魍魎跟著我們嗎？」

小匠也不由得感到害怕，緊貼著小結的身體問。

「那些傢伙打算附身在我們身上嗎？」

「不，不，不不，」夜叉丸舅舅搖著頭，似乎想要消除自己內心的不安。「不可能有這種事，那是古代才會發生的事。以前那些傢伙都很囂張，偶爾會發生附身在人類身上這種事，現在從來沒有聽過魍魎會附身在人身上。你們想想看，這和進入空無一物的容器不一樣，活人和活著的動物本身有靈魂，對那些傢伙來說，要把原本的靈魂趕走，然後取而代之並不是一件容易的事，如果沒有相當的實力，根本無法做到。

平安時代，在京都的那些魍魎和怨靈中，也有能力很強的傢伙，但是和以前相比，現在那些傢伙的力量越來越弱，因為霓虹燈光和路燈的關係，黑暗的地方也越來越少，也不像以前那麼安靜，人類對那些傢伙的恐懼也大不如前了。對那些傢伙來說，目前的環境越來越難以生活，所以根本沒有實力能夠附身在活人身上。如果有這麼厲害的魍魎或怨靈，一定會成為狐狸界的話題。」

「那剛才到底是怎麼回事？舅舅，你覺得那是什麼聲音？」

夜叉丸舅舅聽了小結的問題，也答不上來。他只能不知所措地聳了聳肩，抓了抓頭。小結看到舅舅這種模稜兩可的態度，忍不住火冒三丈。

「所以你不相信嗎？你是不是覺得我聽錯了？」

「嗯……，因為根本不可能有這種事。」

夜叉丸舅舅顧左右而言他地繼續說：

「那些傢伙根本不可能附身在我們身上……，也不可能為了想要附身在我們身上，所以就一直跟著我們。……。魍魎和怨靈怎麼可能這麼喜歡我們？」

小結還來不及開口，小匠就插嘴說：

「先不管這些，我們不是要趕快找答案嗎？好不容易找到了三道謎題的答案，而且來到了這裡，要趕快找言問杉說的『正確問題』到底是什麼，因為這座寺院一定有什麼線索、提示，或是答案。」

小匠難得說出像樣的話，小結雖然很不開心，但還是嘆了一口氣，點了點頭。

「……是啊，要先解決這件事。」

小結打量周圍，發現革堂很安靜，而且也已經聽不到那個聲音了。現在完全感受不到可疑的動靜，或是遭到偷窺的感覺。

寺院內除了小結他們以外，並沒有其他人。他們從石板路沿著石階來到了正殿前方，首先向本尊合掌祭拜。昏暗的正殿深處

祭祀著和三十三間堂相同的千手觀音像。即使探頭向昏暗的正殿後方張望，也無法找到他們想要尋找的答案線索。

革堂內還有幾棟建築和規模比較小的殿堂。

正殿右側是寶物館，大門左側是鐘樓，還有裝了格子門的殿堂，和很新的七福神石像。

到底要去哪裡找，然後找什麼，才能找到言問杉說的『正確問題』？因為根本不知道什麼是『正確問題』，所以小結完全不知道該去哪裡找，也不知道要找什麼。

她繞著鐘樓轉了一圈，逐一撫摸著排在石台上的七福神石像……。但是她越找越著急。

來這裡真的對嗎？**真的可以找到什麼嗎**？

她好幾次甩開了這個疑問，但是仍然浮上心頭。

夜叉丸舅舅和小匠也在不大的寺院院子內漫無目的地走來走去。

他們三個人走來走去時，小狐丸並沒有像之前一樣站在原地，而是輕飄飄地走來走去。也許小狐丸也很在意小結剛才提到的可怕聲音，所以在四處察看。小結覺得牛若丸打扮的小狐丸很可靠，無論怎麼說，都是京城狐狸老爺爺派來幫忙的保鑣。

對啊，不必擔心，不必擔心。目前是稻荷祭，狐狸都在京都市區內巡邏，而且我們還有小狐丸這個保鑣……

小結想著這些事，走向寺院深處。小匠站在正殿前，一動也不動地注視著大門。

小結走過好像在思考什麼問題的弟弟身旁，走向鐘樓前的小殿堂。古色古香的殿堂上方掛著『壽老神堂』的匾額。小結不經意地看向格子門後方，忍不住「哇……」了一聲。因為裡面有一個和小結的身高差不多的木像坐在後方看著她。木像的腦袋很長，眼神很銳利。

好大的佛像……。咦？是佛像嗎？壽老神是佛？……啊，不對，

是七福神的成員。……所以是神明……。這個神明的頭好大……

小結在內心嘀咕著，走回仍然站在正殿前的小匠身旁。

「你有沒有去看那個殿堂？」

即使小結問小匠，小匠也悶不吭氣，一動也不動地注視著門。

「喂，小匠，你怎麼了？你在看什麼？是不是發現了什麼？」

小結伸出手，正準備拍小匠的後背，在即將碰到時急忙停下手。因為她發現小匠有點不太對勁，忍不住悄悄從側面探頭看小匠的臉，立刻倒吸了一口氣。

因為小匠瞪大的眼睛深處，眼眸發出了藍色的光。小結立刻知道，小匠目前看到了自己看不到的景象。

小匠正在看著時間河流的遠方。小結這麼想道。

此時此刻，小匠的雙眼完全看不到陽光穿越樹葉，灑在地上的光斑，也看不到小結的身影。他進入了深深的黑暗中。那是夜晚籠罩革堂的黑暗。小匠覺得自己也站在夜晚的革堂內。

這時，兩個人影偷偷摸摸地走進了革堂的大門。他們手上拿著燈籠，燈籠的燈光微微照亮了他們的輪廓，滿是皺紋的臉清楚出現在黑暗中。小匠不認識這個大叔和大嬸。兩個人都穿著和服，好像歷史劇中的人物，頭髮挽了起來。他們一走進大門，立刻舉起了燈籠，在黑暗的寺院院子內四處張望，好像在找什麼東西，但是他們完全沒有看到小匠。

「千代。」

大叔小聲地叫著某個人的名字，大嬸也跟著叫著相同的名字。

「千代！」

他們似乎來革堂尋找名叫千代的人。

「千代，妳趕快出來，我們知道妳在這裡。我們再三叮嚀妳，叫妳今天晚上不要出門，妳到底是怎麼溜出來的？趕快出來吧，跟爸爸一起回家。」

大叔在寺院院子內東張西望，小聲地這麼說。那個叫千代的人似乎是他的女兒。

但是，即使那個父親這麼說，也沒有聽到任何回答。周圍被漆黑的黑暗和寂靜籠罩，除了那個大叔和大嬸手上的燈籠以外，完全沒有任何亮光。

接著，那個大嬸又對著寺院院子說：

「千代，妳再怎麼苦苦等待，那個男人也不會來這。宗舟不會來這裡，妳就死了這條心，趕快跟我們回去，不要讓爸媽傷心。」

宗舟?!小匠在心裡叫了起來。

這時，終於聽到了另一個小聲說話的聲音。

「你們怎麼會知道他？」

聲音來自門旁的樹叢後方。似乎有人躲在樹叢後方。

站在寺院院子的那兩個人，也立刻察覺了聲音傳來的方向，一起走到樹叢前。小匠也站在他們身後，注視著夜晚的寺院院子內發生的事，但那個大叔和大嬸完全沒有發現他。他們應該看不到小匠，一個勁對著漆黑的樹叢後方說話。

那個大嬸先開了口。

「因為我們看到了妳藏在書信盒內的信，就是那個男人寫給妳的信。」

大嬸原本說話就很不客氣，現在越說越生氣。

「他竟然背著別人的父母寫情書給妳，真是太令人生氣了。妳也有問題，竟然也不告訴我們，和那種男人寫信……」

樹叢後方傳來反駁的聲音。

「宗舟很優秀，妳竟然偷偷看我的書信盒，太過分了。」

「妳還敢回嘴！」

大嬸的聲音響徹寺院，但很快壓低了音量繼續說：

「父母當然要注意女兒周圍的情況，是妳不對，竟然藏了這種不敢給父母看到的東西。」

這時，站在大嬸旁的大叔開了口。大叔說話的聲音比較平靜，他像在安撫女兒的情緒，又像在諄諄教誨，對著樹叢後方的女兒說：

「千代，那個男人不是好人。宗舟這個人很可疑，我派人調查了他的來歷，宗舟這個人沒有過去，完全無法得知他五年前，住在河對岸的房子之前在哪裡，做什麼事，也不知道他從哪裡來，完全沒有一點頭緒。

我們怎麼可能讓妳和這麼可疑的人在一起？妳聽好了，妳也不要再理那個男人了，妳被他騙了。」

樹叢後方的聲音稍微提高了音量。

「我比任何人都清楚，宗舟到底是什麼人。」

「妳太傻了。」

大孀冷冷地說：

「妳看到他寫的情書，就被迷得神魂顛倒。你們是不是把信藏在月光寺言問杉的樹洞裡，用這種方式聯絡？難怪妳最近經常去掃墓，沒想到竟然有這種事……。因為妳最近不太對勁，所以我才會看妳的書信盒，結果發現那個男人寫給妳的信。爸爸立刻去問了月光寺的住持，請他告訴我們他所知道的情況。」

大孀冰冷的聲音中帶著嘲笑。

「雖然你們以為神不知，鬼不覺，但寺院的人全都知道這件事，說去參加寺院茶會的宗舟，和美津屋的千代在談戀愛……。真是太丟人現眼了，和尚也告訴我們，你們相互交換信的方式。妳昨天寫給宗舟的信，我們也從樹洞裡拿了出來，看了信的內容。即使妳試圖用謎題的方式隱瞞，我們也猜到了你們約定見面的地點。

可惜宗舟不會來這裡。因為我們假冒妳寫信，把他約去了其他地方，現在親戚都去找宗舟，警告他不要再糾纏妳。妳也要徹底忘記那個男人，因為妳是美津屋唯一的繼承人。」

「千代，來吧，我們一起回家。」

大叔再次用溫柔的聲音說，他在說話時，走向樹叢的方向。

當大叔彎下身體，準備撥開樹叢時，樹叢深處有一個黑影閃躲著衝了出來。

「嗚哇……」大叔叫了一聲，一屁股跌坐在地上。小匠也忍不住後退。大叔丟在地上的燈籠在地上燒了起來。黑影輕輕鬆鬆地從跌坐在地上的大叔頭上跳了過去，轉眼之間，就跑向了門的方向。但是，黑影並沒有一口氣逃出門外，而是停下腳步，轉頭看了過來，目不轉睛地看著坐在地上的大叔，和跑向大叔的大嬸。燈籠燒起來的火照亮了黑影，黑暗中，黑影的兩個眼睛發出了藍光。

黑影突然轉身逃向京城的黑夜中。

小匠忍不住小聲叫了起來。

「……狐狸……是狐狸……」

在他說話的瞬間，黑暗消失了，陽光回到了小匠周圍。小匠在初夏的明亮陽光、微風和周圍嘈雜的聲音中，站在革堂的庭院。

小匠好像從夢中驚醒般打量周圍，發現自己站在正殿前，小結正滿臉擔心地看著他。夜叉丸舅舅和小狐丸也不知道什麼時候走了過來，站在小結身後。

舅舅靜靜地問小匠：

「……所以呢？你看到了什麼？」

小匠用力吸了一口吹過寺院院子的風，深呼吸了一下。

「有一個大叔和一個大嬸，拿著燈籠，走進了漆黑的革堂。」

小匠說完這句話，娓娓道出深烙在眼中、時間長河彼岸的情景。

10 正確的問題

小結和夜叉丸舅舅站在寺院院子角落，聽著小匠說明情況。小結聽完小匠剛才看到的，在時間河流彼岸曾經發生的事後，陷入混亂。

「……？這是怎麼回事？」

小結難以理解小匠說的事，抬頭看著夜叉丸舅舅。

夜叉丸舅舅在聽小匠說話時，就絞盡腦汁思考，但還是毫無頭緒，最後開了口：

「我猜想……晚上拿著燈籠來到革堂的大叔和大嬸，應該是宗舟

情人的父母。那個叫『千代』的人，就是宗舟的情人，也就是美津屋的女兒，但是我搞不懂為什麼從樹叢後方出來的不是那個女兒，而是一隻狐狸。」

小結也搞不懂這一點，但是，她仍然左思右想，努力推理。

「會不會……躲在那裡的是狐狸變身的冒牌千代？也許是宗舟找朋友假扮成千代，想要欺騙千代的父母。」

夜叉丸舅舅搖了搖頭說：

「不可能有這種事。因為宗舟絕對不可能讓其他狐狸知道他的情人，以及他送了禮物給情人這件事。他甚至沒有告訴他的弟弟，不可能找其他狐狸幫忙。」

「那小匠看到的那隻狐狸到底是誰？」

小結注視著夜叉丸舅舅，小匠侷促不安地動來動去說：

「因為我真的看到了，那真的就是狐狸。」

夜叉丸舅舅看著嘀嘀咕咕的小匠，緩緩地開了口。

「我認為小匠看到的是正德元年稻荷祭最後一天的晚上，或是隔天黎明時分的事。根據宗舟家族流傳下來的故事，美津屋的女兒背叛宗舟，但實際情況似乎並不是這樣，而是美津屋的老闆和老闆娘發現了女兒和宗舟的關係，從中作梗，破壞了他們私奔。那個女兒把寫給宗舟的信藏在言問杉的樹洞中，她的父母發現後，用假的信調了包，騙宗舟去其他地方。也就是說，她的父母騙宗舟去了三十三間堂，宗舟在那裡遭到等候在那裡的眾人攻擊，結果露出了狐狸尾巴。

但是，那個女兒並不瞭解，沒有聽從父母要求她『不要出門』的勸阻，獨自來到和宗舟相約見面的革堂，然後躲在院子角落的樹叢後，等待情人宗舟出現……。沒想到並沒有等到宗舟，她的父親和母親來找她……如此一來，就可以解釋小匠看到的狀況，問題是最後，從樹叢中出現的狐狸這件事，就讓人完全搞不清楚是什麼狀況……」

舅舅隔著大帽子，用力抓著頭。

小匠露出不知所措的不安表情歪著頭。

「……我為什麼會一直看到？剛才在三十三間堂才看到，現在又看到了……」

「我想……」小結說出了內心浮現的想法，「應該是言問杉希望你看到。」

「言問杉？」

小匠驚訝地反問，小結看著革堂院子周圍的樹木，小聲地說出了自己的想法。

「因為小萌剛才不是說，言問杉有話必須告訴我們嗎？我在想，言問杉是不是讓你看到了三百年前發生的事，用這種方式告訴我們。

……也就是說，大家原本想錯了……」

「想錯了什麼？」

夜叉丸舅舅問，小結點了點頭說：

「嗯，大家不是都認為，宗舟不惜付出生命的代價送了禮物給他的情人，結果被千代背叛了嗎？宗舟家族的人不是一直這麼認為嗎？後代的子孫都認為，宗舟愛上人類的女人，結果遭到背叛送了命，他是愚蠢的狐狸……。但是，事實並不是這樣，千代並沒有背叛宗舟，而是因為她的父母發現了她寫的信，然後從中搞破壞，才導致他們沒辦法見面，其實千代也想和宗舟結婚，就像爸爸和媽媽一樣……」

夜叉丸舅舅什麼話都沒說，目不轉睛地注視著小結的臉。小結又繼續說了下去。

「宗舟和千代都把情書藏在言問杉的樹洞中互傳情書，所以言問杉不是等於協助了他們嗎？只有那棵杉樹支持他們，所以言問杉想要告訴大家，大家都想錯了……，想要告訴我們，千代並沒有背叛宗舟，宗舟也不是愛上人類的女生，結果被女生甩了的愚蠢狐狸。於是言問杉就用那些像腦筋急轉彎般的謎題，讓我們東奔西跑，然後讓你看到在這些地方發生的事，所以小匠的時光眼能力才會剛好就在這個地方完全發揮出來……」

「想錯了……」

夜叉丸舅舅又重複了相同的話。小結抬起頭，發現舅舅看著半空中的某一點愣在原地。

「……等、一下……。是這樣嗎？言問杉是想告訴我們這件事嗎？……原來我們都想錯了嗎……？大家都……」

「怎麼回事？什麼想錯了？」

小匠歪著頭問，「所以千代並沒有背叛宗舟嗎？」

「嗯，不光是這件事，是寶物！是寶物！」

「寶物？」

小結和小匠同時嘀咕著，互看了一眼。

舅舅並沒有回答，只聽到他好像在自言自語般喃喃說了起來。

「正德元年……。原來是這樣啊……。一七一一年。從七一一年開始，剛好相隔了一千年嗎？所以才有辦法得手嗎？所以宗舟為了和人類的小姐結婚，不惜冒著生命危險送給她嗎？原來是這樣，原來是這麼一回事……難怪樹叢後方會出現狐狸，原來是這樣啊……。言問杉為了告訴我們這些事，所以讓小匠的時光眼看到了那天晚上發生的事嗎？言問杉想要告訴我們，我們錯了嗎？大家……，從三百年前至今，就一直錯了，而且也找錯了寶物……」

「舅舅，你在說什麼？什麼錯了？找錯寶物又是怎麼一回事？」

小結終於忍不住問舅舅，夜叉丸舅舅終於低頭看著小結的臉。舅舅眨了眨眼，好像如夢初醒般用力吸了一口氣，然後才終於開了口。

「寶刀……。宗舟的弟弟看到他的哥哥把看起來像是刀子的東西塞進棕色粗糙的包袱。」

小結發現舅舅又提起了之前聽過的事，著急地追問：

「嗯，所以呢？」

「所以大家都以為那把刀是宗舟送給人類小姐的禮物，但其實想錯了，美津屋也搞錯了。他們看到女兒房間內的那把刀，以為那就是宗舟送給他們女兒的禮物，於是覺得很可怕，就交給月光寺祭奠。」

這些事剛才也已經聽說了，舅舅到底想說什麼？

「嗯，我知道，因為他們擔心因此遭殃，所以呢？」

小結問，夜叉丸舅舅又深呼吸了一次，說出了意想不到的回答。

「大家都搞錯了，宗舟的弟弟、美津屋，還有京城狐狸的老爺爺全都搞錯了，我當然也搞錯了。寶物並不是被包起來的那把刀，而是用來包住那把刀子的粗糙包袱。」

「……粗糙的包袱？」

小匠一臉不解地重複這幾個字。小結也完全不瞭解是什麼意思。

夜叉丸舅舅小聲地繼續說：

「那把刀具有驅魔的力量，宗舟的弟弟看到的那把刀不是寶物，而是保護寶物的驅魔刀，真正的寶物不是刀子，而是包著刀子的那塊粗糙的包袱布。宗舟送寶物給那位小姐時，還附上了驅魔的刀子，但是我們所有人都一直在尋找那把刀子的下落。」

小匠問：

「不是刀子？而是粗糙的包袱布？有這種寶物嗎？」

夜叉丸舅舅神色緊張地觀察周圍，好像在害怕什麼，又好像在窺視什麼，然後用很小很小的聲音說：

「我無法說出寶物的名字，因為那些傢伙正蠢蠢欲動。」

「那些傢伙是誰？」

小結問。

「就是魑魅魍魎和怨靈。」

「什麼？」

小結和小匠互看了一眼。小結不安地觀察四周後問舅舅：

「但是，你剛才不是說，現在不會遇到那種東西嗎？你不是說現在是稻荷祭期間，所以不必擔心，還說遇到魍魎比在街上遇到毒蛇的難度更高嗎？」

「問題是一旦牽扯到那件寶物，情況就不一樣了。因為那些傢伙想要那件寶物想得快發瘋了。假設那件寶物還留在京都的某個地方，事情就大條了。如果可以找到那件寶物，那些傢伙會從四面八方聚集過來，到時候就會天下大亂。雖然每一個魍魎變弱了，但如果數量很多，威力就會變得很強。」

「啊喲！真是夠了！我完全聽不懂你在說什麼。」

小結終於崩潰了。

「那個寶物到底是什麼？這個寶物到底在哪裡？」

小結說這句話的瞬間，一陣強風吹過革堂。

歷史悠久的革堂周圍的樹木好像有生命般，被風吹得東搖西擺，發出了沙沙的聲音。

風中傳來一個聲音。

「正確的對象找到了正確的問題，所以就來回答這個問題。」

那是小結、小匠和夜叉丸舅舅都很熟悉的聲音。

「小萌！」

小結在風中叫了起來。

11 另一道謎題

小萌發出了呵呵的笑聲。聲音來自在正殿後方的暗處，面對寶物館那根柱子的後方。其中一根柱子後方傳來她憋笑的聲音。

「小萌！」

小結叫了一聲，跑向聲音傳來的方向。小匠和夜叉丸舅舅也……。當他們準備繞去那根粗大的柱子後方，小萌終於從柱子後方走了出來。

「被你們發現了！」

小萌開心地說道，其他人都忍不住用力抱住了她。

「我快被你們壓扁了！」

小萌笑著尖叫起來。

「小萌，妳沒事吧？」

小結問，小萌一臉納悶地抬頭看著她問：

「有什麼事？」

「妳身上有沒有哪裡痛？妳剛才去了哪裡？」小匠也問道。

小萌露出驚訝的表情，抬頭看著其他人說：

「我在躲貓貓啊，因為杉樹對我說『我們來玩躲貓貓』……」

「啊？躲貓貓？妳一個人躲在這裡好幾個小時嗎？」

小匠驚訝地瞪大了眼睛，夜叉丸舅舅在一旁解釋說：

「在不同時空的世界，時間的流動速度有時候比這裡快，有時候比這裡慢。浦島太郎在龍宮城裡只停留了三年，結果回到人間後，不是經過了好幾百年嗎？小萌剛才應該也身處在緩慢流動的時間中，當我們在京都城內東奔西跑了好幾個小時，對小萌來說，可能只是一眨眼的工夫。」

小匠再次打量妹妹後問：

「妳剛才不是說什麼『正確的對象找到了正確的問題』……，還說要來回答這個問題？」

「咦？」

小萌指著其他人站立位置旁的地面。泥土地上畫了一些像是線條的東西。……不對，是文字。泥土上寫了三個字。那幾個字筆畫有點難，而且寫得超醜。

鴨腳下。

夜叉丸舅舅正想把這幾個字唸出來。

「鴨、腳……」

「不行！」小萌打斷了舅舅。

其他人都驚訝地看著小萌，小萌悄聲對大家說：

「不行，不可以唸出來。因為不能說，所以言問杉才告訴我，教我怎麼寫字。先畫一個四方形，然後再畫一橫，再畫一條直線超出四方形……」

「不用說明這個，所以呢？那是什麼？」

小匠打斷了小萌的話問，小萌簡短回答說：

「那就是答案啊。」

「答案……什麼答案？」

小結問小萌。

「就是姊姊剛才問的問題的答案，因為正確的對象找到了正確的問題，所以言問杉告訴我正確的答案。因為姊姊剛才問了問題。」

小結不知所措地問：

「我嗎？正確的對象是我嗎？」

「姊姊，或是小匠哥哥，還有我。」小萌回答。

小結和小匠都驚訝地看著小萌。

「所以我不行嗎？」

夜叉丸舅舅向小萌確認，小萌堅定地點了點頭，又重複了一次。

「對，要姊姊、哥哥或是我才能問。」

「為什麼？」小結還來不及問這個問題，小匠就問她：

「所以正確的問題是什麼？姊姊，妳剛才問了什麼？」

「呃……」

小結思考起來。剛才指的應該是小萌出現之前。在那陣強風吹起之前，小結很生氣地大聲說了什麼。

那時候說了什麼？小結在回想的同時，又說了一次當時說的話。

「『那個寶物到底是什麼？』……還有，嗯……『這個寶物到底在哪裡？』……好像是這樣？」

「喂，等一下！你們等一下！」

夜叉丸舅舅突然著急起來。

「不行，不行，不行！不可以問這種問題！答案……答案該不會……」

小萌幽幽地說：

「就是放寶物的地方啊，真正的寶物就在那裡啊。」

「還在嗎?!」

夜叉丸舅舅難以置信地瞪大了眼睛。

「寶物還在嗎?!那件寶物仍然在京都的某個地方嗎？……這下子慘了！」

舅舅說最後一句話時，幾乎發出了慘叫聲。

「那些傢伙要來了！那些傢伙會來這裡了。」

「噓！」

小萌一臉嚴肅的表情，把手指放在嘴唇上。

「所以才說不能說出來啊，因為那些傢伙會聽到，所以言問杉才會教我寫那些字，用寫字的方式，告訴我們寶物的下落。」

「不行！不行！不行！不行！」

夜叉丸舅舅又大叫起來，用腳踩掉了地上的那三個字。

「你們聽，」小萌說，「是不是可以聽到？」

「聽到什麼？」

小結豎起耳朵問小萌。風聲、街上傳來的隱約嘈雜聲、汽車喇叭聲、鳥啼聲——。遠處傳來寺院的鐘聲。

「是四點的鐘聲。」

小萌小聲地說。

「杉樹叫我們要小心，因為那些傢伙都想要搶那個寶物。」

「那……那些傢伙是誰？」

小匠戰戰兢兢，忐忑不安地觀察四周。

「怨靈和魍魎。」

小結感到背脊發涼，小匠和夜叉丸舅舅也驚恐地看著小萌。

三個人都說不出話，站在他們中間的小萌說：

「四點了，稻荷大神回山上了，狐狸也回去山上迎接大神了，巡邏結束了。大家要小心，因為那些傢伙開始蠢蠢欲動。」

小結發現幾乎快要忘記的那種感覺又回來了，好像有人在看自己，在偷窺自己，背脊有一種發毛的感覺。小結忍不住悄悄回頭看向正殿，然後發出了「啊！」的叫聲。

黑影在正殿的屋簷下蠕動。黑影像霧一樣飄散、晃動，時大時小，不停地改變形狀。蠕動的黑影中，有無數隻像觸手般長長的手臂伸向小結他們的方向。

小結既驚訝，又恐懼，站在原地動彈不得。小匠、小萌和夜叉丸舅舅也僵在原地，茫然地注視著蠕動的黑影。小狐丸擋在愣在原地的他們和伸過來的黑色觸手之間，黑影一下子停了下來。

「快、快逃！」

夜叉丸舅舅大叫一聲，一把抱起了小萌。

「快跑！」舅舅大聲叫著，抱著小萌，衝向革堂的大門。小結和小匠也猛然回過神，跟著舅舅跑了起來。舅舅避開了剛好經過革堂前的路人，逃向大門外的左側。

「要去哪裡？」

小匠跟在夜叉丸舅舅身後，拚命問道。

「趕快逃命！」

舅舅頭也不回地大聲叫道。

擋住黑影的小狐丸看到小結他們已經逃出門外，也跑到了門口，把黑影留在原地。

「我們要離開這裡去伏見稻荷！只要進入稻荷大神的勢力範圍內，那些傢伙也就不敢再來追我們了！」

小狐丸聽到夜叉丸舅舅的話，輕飄飄地追上了他們，跑在最前面。小結他們跑向和剛才來這裡時相反的方向，無法前往剛才的丸太町橋。小狐丸得知了他們想去的目的地後，打算帶他們去其他的橋。

一行人跟著小狐丸在京都街頭奔跑。

前方是大馬路的路口。行人都站在人行道上，等待來往的車流停下來。小結他們也因為紅燈，只能停了下來。

車道上的綠燈變成了黃燈，行人專用的號誌燈即將變成綠燈時，小結發現腳下電線桿影子好像氤氳般扭動起來。她驚訝地瞪大眼睛，發現黑影中冒出了像是黑霧般的東西。黑霧緩緩地撲向小結的腳，想要抓住她的腳。

「啊！」

小結大叫的同時，夜叉丸舅舅也大叫一聲：「快逃！」聽到舅舅大叫的同時，號誌燈變成了綠燈。

小狐丸輕輕跳了過來，雙腳踩向小結腳下的黑霧。被踩到的黑霧縮回電線桿的影子中，小結趁機衝向斑馬線。

「不要踩到影子！千萬不要踩到影子！那些傢伙聚集過來了，躲在黑影中來追我們了！」

舅舅閃避著人行道上的電線桿影子，還有房子的影子奔跑著。

11 另一道謎題

街上的人都大吃一驚，回頭看著他們，似乎很受不了戴著大帽子的大叔嘴裡大聲嚷嚷著莫名其妙的話，帶領一群人在馬路上狂奔。

小結邊跑邊回頭看向後方，想要確認小狐丸有沒有跟上來，她差一點尖叫起來。

因為她看到四處的影子都蠕動起來，房子的簷角、房子和房子之間的小路，還有路旁草叢後方，馬路旁郵筒的下方……。地面上所有的影子都開始晃動、蠕動，發出了嘈雜的聲音，但是街上的行人似乎都沒有發現，只有小結他們看到了魍魎。

小狐丸跑在最前面，在京都的街頭跑向狐洞的入口。目前正跑向有橋的河流方向，但是，這次可能無法這麼順利跑到橋上。因為魑魅魍魎就擋在小狐丸前進的路上，當他們準備跑過去時，大樓在馬路上的影子中，突然伸出了黑色觸手，想要抓住小結他們的腳。那些魍魎似乎搶在小狐丸前面，阻止小結他們跑去河流的方向。小狐丸在街上跑來跑去，試圖甩掉魍魎的埋伏，避開那些傢伙躲藏的影子，為小結他們尋找逃命的活路。

小結已經完全搞不清楚東南西北，也不知道要跑去哪裡？

為什麼？為什麼魑魅魍魎要追我們？吸引那些傢伙的寶物到底是什麼?!

小結在拚命奔跑時，心裡一次又一次想著沒有人告訴她答案的這些問題。她越來越喘不過氣，兩條腿也越來越重，側腹陣陣刺痛，心臟快跳出來了。

但是，現在不能停下腳步。一旦停下腳步，就會被魍魎的觸手抓住，再也無法動彈了。

擋在前方的公寓影子中，又有黑色的霧動來動去，小狐丸在影子前離開了那條路，在十字路口右轉，夜叉丸舅舅和小匠也都跟了上去。跑得最慢的小結最後才轉過那個路口。

轉過路口後，發現前方的房子中間，有一片空曠的停車場。空間很大的停車場內沒有車子，也沒有被任何東西擋住，午後的太陽照在空蕩蕩的停車場地面上。

「等……！等一下！休息一分鐘！再跑下去，我會、沒命！」

夜叉丸舅舅最先投降了。他搖搖晃晃跑進停車場內，放下了一直抱在手上的小萌。小結和小匠也連滾帶爬地衝進了停車場這個陽光照射的安全地帶，只有小萌沒有喊累。

小結他們在停車場正中央喘息，小狐丸在他們周圍跳來跳去。

「你們看！」

小匠壓低聲音，指著停車場周圍的影子。

魑魅魍魎果然追了上來。不，也可能是搶先擋住他們的去路？黑色的霧在周圍房子的影子中時大時小地飄來飄去。小狐丸似乎用這種方式制止黑霧把觸手伸向小結他們。

「為什麼跟著我們？為什麼要追我們？」

小結說出了一直藏在內心的疑問，問夜叉丸舅舅。

「我不是說了嗎？那些傢伙想要寶物。」

當舅舅提到「寶物」那兩個字時，影子中的嘈雜聲更大聲了。夜叉丸舅舅露出驚嚇的表情，然後心神不寧地看向影子，用極其小聲的聲音說：

「那些傢伙覺得只要跟著我們，就可以知道在哪裡。」

「但是我們根本不知道在哪裡啊！我們甚至不知道寶物是什麼！舅舅，你應該也不知道寶物在哪裡吧?!跟著我們根本沒用啊。」

小結忍不住大聲叫著，看著在影子中蠕動的魍魎，但是那些傢伙即使聽了小結說的話，也並沒有放棄。

夜叉丸舅舅小聲地說：

「妳聽我說，根本沒辦法和那些傢伙溝通或是講道理，那些傢伙只是憑本能被寶物吸引，就好像螞蟻聚集在砂糖周圍一樣，或是禿鷹圍在屍體旁一樣……。

那些傢伙一定發現寶物有了動靜，察覺到三百多年來，下落不明，也沒有任何消息，就這樣從京都消失的寶物，即將在京都現身。那些傢伙不是靠語言或是道理，而是憑本能察覺到這件事，所以一直在觀察我們的動靜。」

小結心生畏懼地看著發出嘈雜聲的影子，問夜叉丸舅舅：

「所以，這些傢伙知道嗎？這些傢伙知道寶物是什麼嗎？」

夜叉丸舅舅膽戰心驚地看著影子的方向點了點頭說：

「對，當然知道。在三百年前，那些傢伙就知道，宗舟送給他情人的寶物是什麼，宗舟也清楚知道那些傢伙察覺了這個祕密。你們還記得宗舟在臨死之前對他弟弟說的話嗎？他說自己受到大神的懲罰而送命，這也是無可奈何的事。但是想到那樣東西可能被那些傢伙奪走，就死也無法瞑目。我原本以為他說的『那些傢伙』是指他的情人和那些人類，但其實宗舟是擔心寶物被魍魎搶走。但是，當時正值京都稻荷祭期間，所以那些傢伙無法出手，寶物也從此下落不明。只不過消失了三百多年的寶物如今很可能重現京都，那些傢伙察覺到這件事，憑本能察覺到出現了動靜，所以就蠢蠢欲動。」

「但是，那些傢伙為什麼要追我們？」

小匠也問了和小結相同的問題。

「我們根本不知道寶物在哪裡，有沒有什麼方法讓那些傢伙瞭解，即使追我們也是白費力氣？」

夜叉丸舅舅緩緩環顧停車場，然後搖了搖頭。

「我不是說了嗎？根本沒辦法和那些傢伙溝通，而且，你們看，那些傢伙現在氣勢正旺，在得到想要的東西之前，絕不會善罷甘休。如果那些傢伙得知我們毫不知情，反而會氣得發瘋，不知道會做出什麼事。」

「那現在該怎麼辦？」

小結問，夜叉丸舅舅不發一語，靜靜地抱起小萌。

夜叉丸舅舅再次打量周圍，一輛白色小轎車剛好駛入停車場。坐在駕駛座上的阿姨覺得小結他們很礙事，露出不耐煩的表情看了他們一眼，把車子停在附近的車位。那個阿姨拿著托特包走下車時，夜叉丸舅舅說：

「走吧，我們無論如何都必須逃命。」

「又要逃嗎?!」

小匠忍不住說著洩氣話，舅舅說：

「即使繼續留在這裡，天很快就黑了。目前陽光還可以趕走那些傢伙，但是在夜幕降臨之後，我們就無處可逃了。如果我們不趁天黑之前逃離之前就完蛋了。」

小結聽著他們說話，觀察著四周，這時，她看到了令她在意的東西。她起初不知道自己的目光為什麼會被吸引。

她只知道有什麼事讓她在意，所以目光無法移開。

白色轎車停在停車場，車尾緊貼著圍在停車場四周的圍籬，圍籬上掛著白色牌子。長方形的牌子上寫著租用車位者的名字。

「走了。」夜叉丸叔叔對大家說這句話時，小結倒吸了一口氣。

「啊！」她終於意識到自己在看什麼，知道覺得哪裡不對勁了。

「怎麼了？」

正準備跑出去的舅舅停下腳步，看著小結問。

開白色轎車的托特包阿姨走過小結他們身旁，正準備走出停車場。小結立刻跑到她身旁問：

「不好意思……，請問一下。」

阿姨回頭看著小結，小結心跳加速，鼓起勇氣問阿姨：

「請問……請問妳是鴨腳太太嗎？我剛才看到停車場牌子上的名字，上面是不是寫了『鴨腳』這個名字？」

沒錯，小結在意想不到的地方，看到了意想不到的字。牌子上寫的『鴨腳』——和小萌在革堂地面上寫的三個字中的兩個字相同。停車場的牌子上就寫了鴨和腳這兩個字，簡直就像是某種暗示，簡直就像是某種訊息——。

但是，托特包阿姨一臉茫然地看著小結，微微搖了搖頭。

「不是喔。」

阿姨用慢條斯理的京都腔回答，但小結並沒有退縮。

「但是，妳剛才停的車位後面牌子上寫了那兩個字……那不是名字嗎？……妳不是鴨腳太太嗎？」

小結也不知道自己追上來問這個阿姨，到底期待聽到什麼回答？也不知道這個阿姨和言問杉透過小萌傳達的訊息有什麼關係，但是，小結覺得不能讓這個阿姨就這樣離開。

所以小結目不轉睛地看著眼前這個阿姨，等待她的回答。夜叉丸舅舅、小匠和小萌看著小結和阿姨說話，不知道發生了什麼事。

托特包阿姨在所有人注視下，無奈地嘆了一口氣說：

「不是『Kamo-asi』，而是『Icho』。」

「啊？」

小結聽不懂阿姨在說什麼，忍不住問道，阿姨又繼續說了下去。

「大家都經常唸錯，鴨腳這個姓氏唸『Icho』，和銀杏樹的發音一樣。其實銀杏樹的別名就叫『鴨腳』。銀杏樹的樹葉形狀不是和鴨腳很像嗎？銀杏只是借用字，鴨腳才是原本正統的名字，只是因為大家都不會唸，所以覺得說明太麻煩了……。我的姓氏不是『Kamo-asi』，而是『Icho』。」

「謝、謝謝！謝謝妳！」

阿姨走出了停車場，小結不停地向她鞠躬。剛才聽到小結和阿姨對話的夜叉丸舅舅和小匠也都注視著白色的牌子。

鴨腳就是銀杏的意思？所以鴨腳下就是在銀杏樹下的意思？

有什麼東西在小結內心微微發光。

鴨腳下——銀杏樹下。

她覺得只差一步，就可以看到曙光了。

夜叉丸舅舅和小匠似乎也有同感，他們歪著頭，一臉焦急地看著牌子上的字。

這時，小結發現黑影中的魍魎喧鬧起來。黑影越來越大，向小結他們伸出了長長的觸手。

「快跑！」

小結還沒有想到答案，夜叉丸舅舅大叫起來。

12 逃命

小結他們跑了起來，在京都街頭拔腿狂奔。有人驚訝地看著他們上氣不接下氣地在街上奔跑，但是現在根本管不了那麼多，因為那些傢伙在柏油路面上的黑影中張牙舞爪。

夜叉丸舅舅說的沒錯，魍魎的數量似乎越來越多，影子蠕動的範圍也越來越大。小結邊跑邊回頭看向後方，發現街上到處都是蠕動的影子，而且所有的影子都在膨脹。

路口對面就是一座架在河上的橋，但是，首先必須經過馬路對面

那棟高樓的影子，才能夠跑到那座橋上。

前方的號誌燈變成了綠燈，小結他們準備過馬路時，大樓影子中的魍魎就開始蠢蠢欲動。

「可惡，這裡也不行嗎？」

夜叉丸舅舅用力喘著氣，嘆著氣說道。

當魍魎開始蠕動，地面上的影子也開始上下起伏，好像不停地從地面湧現。不一會兒，影子在柏油路的表面變成了黑霧，從地面緩緩冒了出來。過馬路的行人都若無其事地穿越了黑霧，魍魎完全不理會那些人，同時伸出又細又黑的觸手，伸向小結他們。

小狐丸正準備走向斑馬線，發現觸手就像水花濺開般伸了過來，在千鈞一髮之際停下了腳步。小結他們也急忙停下了腳步，過馬路的人群中發出了抱怨聲。

「喂！你們在幹嘛！」

「太危險了！」

小結他們來不及道歉，放棄了過馬路，再度沿著馬路跑了起來，剛好看到一輛公車停在前方的公車站。

「太好了！」夜叉丸舅舅叫了起來，「這是往東山方向的公車！只要搭這班公車，就可以過鴨川！」

公車的前門和後門都打開了。

「大家都上車！」

背著小萌的夜叉丸舅舅從公車的後門跳上了公車，小結和小匠也慌忙跟著上了車。

「小狐丸！趕快！趕快！」

小狐丸微微歪著頭站在公車站，好像在思考。小結向小狐丸招手，叫他趕快上車。公車有點擁擠，車上幾名乘客滿臉狐疑地看著小結。這也難怪，因為他們看不到小狐丸。小結有點難為情地聳聳肩。

在車門關上之前，小狐丸終於跳上了公車。

公車的引擎發動，發出了噗嗡嗡的聲音駛了出去。剛才一直拚命奔跑的小結、小匠和夜叉丸舅舅終於喘了一口氣，互看著彼此。魍魎似乎並沒有追到公車上。

「要去哪裡？」

夜叉丸舅舅背上的小萌問道。夜叉丸舅舅靠在支柱上，調整呼吸後說：

「……總之，既然這班公車是往東山的方向，就會駛過鴨川，所以只要搭這班公車，就可以甩開那些傢伙到橋上，這樣就可以逃進狐洞。小狐丸，是不是這樣？」

夜叉丸舅舅小聲問小狐丸，但小狐丸抬頭看著舅舅，微微歪著頭，看起來很沒有自信。小結和小匠都不安地互看了一眼。

小匠小聲地自言自語。

「我們搭這輛公車過橋後，就有辦法順利進入狐洞嗎？這不就變成公車上，只有我們幾個人進入狐洞嗎？我覺得這樣好像有問題。」

正當他們在討論這件事時，公車即將駛上跨越鴨川的大橋。

到底能不能成功？等公車過橋後就可以見分曉了。公車上了橋，夜叉丸舅舅注視著車窗外，好像在祈禱般小聲地說：

「狐洞，拜託了！小狐丸，拜託了！」

但是——。即使舅舅用力祈禱，也完全沒有發生任何事。公車在大橋上繼續行駛。

周圍的風景完全沒有扭曲，狐洞也沒有打開。

「看吧，我就知道不行。」

當公車駛過大橋時，小匠小聲地說。

「可惡，竟然不行！」

夜叉丸舅舅失望地看著小狐丸，小狐丸無奈地微微聳了聳肩。

「接下來該怎麼辦？」

小結問，站在她面前的夜叉丸舅舅思考著。

「該怎麼辦呢……？即使現在回到鴨川上，那些傢伙一定等在那裡……」

小匠在一旁插嘴說：

「我們乾脆搭這輛公車逃走，你們覺得怎麼樣？因為好不容易甩開了那些傢伙，如果我們繼續搭這輛公車到終點，搞不好那些傢伙就追不上我們了。」

「但是……」小結回答說：「我覺得那些傢伙還是很快就會追上來，而且現在應該也在後面窮追不捨。公車開得這麼慢，一定很快就會被追上。」

假日的馬路上很擁擠，一會兒遇到紅燈，才開了一小段路，又在公車站停了下來。緩慢的速度讓小結在公車上乾著急。

「……對了！」

夜叉丸舅舅突然露出了欣喜的表情，似乎想到了什麼好主意，獨自喃喃自語起來。

「不一定非要在鴨川上不可。……喂，小狐丸。」

舅舅悄悄對小狐丸說話，以免被周圍的乘客發現。

「這裡應該也有一、兩座橋有狐洞的入口吧？你帶我們去那裡，等到公車停在那附近的公車站時，你告訴我一下，我們在那下車。」

小狐丸笑咪咪地點了點頭，小結見狀，終於鬆了一口氣。

這下子終於可以脫逃了，終於可以逃離魍魎了……

在第五個公車站時，小狐丸指向公車車窗旁的下車鈴。夜叉丸舅舅小聲確認：

「是不是下一站？是不是下一站下車？」

小狐丸再次用力點頭。

夜叉丸舅舅還沒有伸出手按鈴，就聽到叮咚一聲，下車燈亮了起來。有人按了鈴，代表其他乘客也要下車。小結他們也從公車通道擠到車門前。前方就是公車站，京都的東山出現在公車擋風玻璃前方，越來越近。

夜叉丸舅舅把四個人的車費投進了駕駛座旁的投幣箱。

公車緩緩停了下來。

小結他們一行人也跟著其他幾名乘客下了車，他們站在陌生地方的陌生公車站旁，公車揚長而去。

站在公車站的夜叉丸舅舅東張西望觀察著，突然發出了「咦？」的叫聲。

小結和小匠也像夜叉丸舅舅一樣左顧右盼，也都同時看到了奇怪的景象。

後方的整個街道都開始搖晃。……不，是馬路上的陰影就像黑色的氤氳般搖晃。人來人往的熱鬧街道上，房子的影子、大樓的影子、電線桿的影子都搖晃起來，而且都冒出地面。

「嗚哇……」

夜叉丸舅舅背著小萌，向後退了一步。

「快……快逃！那些傢伙追上來了！」

夜叉丸舅舅拔腿跑了起來，小結和小匠也跟在舅舅身後奔跑著，小狐丸再次跑在最前面，但是小狐丸到底要帶小結他們去哪裡？繼續往前跑，就可以跑到橋上嗎？

馬路上的黑影再度伸出黑色的觸手，小結他們閃躲著觸手，不顧一切地在街上奔跑，根本無暇思考目前身在何方，也不知道要跑去哪裡，只能跟著小狐丸向前跑。

我跑不動了！我跑不動了！我不行了！

小結兩條腿越來越重，但她仍然繼續向前跑，在內心發出了慘叫。夜叉丸舅舅和小匠也已經上氣不接下氣。小萌被奔跑的夜叉丸舅舅抱在手上，身體一直被搖晃，也有點吃不消。只有跑在最前面的小狐丸老神在在。

照這樣下去，遲早會被魍魎追上。萬一被那些傢伙抓到……。如果被那些傢伙抓到，不知道會怎麼樣？那些傢伙打算鑽進小結他們的身體嗎？難道以為只要鑽進小結他們的身體，霸占他們的身體，就可以讓小結他們找到寶物嗎？

樹籬在地面上的影子可怕地蠕動起來，設置在路口的郵筒影子冒出了黑霧。小狐丸閃過郵筒的影子，想要跑過去時，黑色的觸手突然悄悄地從路旁的水溝伸了出來，抓住了小結和小匠的腳。

「啊！」

小結和小匠被抓住了腳，同時叫了起來，努力站穩幾乎快跌倒的身體。黑霧黏黏的，黏稠的黑霧纏住小結的腳，慢慢爬到她的腳踝。

「不要停！快跑！不要被抓到！」

夜叉丸舅舅大聲叫著。

小結拚命掙扎，用力甩開纏住她的黑霧。

小狐丸輕飄飄地跳了過來，踩住了從水溝冒出來的黑霧，抓住小結他們的觸手 稍微鬆了手。

小結立刻把腳抽了出來，小匠也終於甩掉了黑霧。

但是，小結向周圍張望時，忍不住全身發毛。因為馬路旁的水溝中都是滿滿的魍魎，全都湧出了水溝。

不僅如此，那些傢伙甚至鑽進了來往行人的陰影中，黑色的觸手從這個人、那個人的影子中伸了過來。

「不要停下腳步！趕快跑！」

夜叉丸舅舅再次大叫起來。

「但是，要跑去哪裡?!」

小結跑向舅舅的方向，大聲問道。

那些傢伙躲在建築物的陰影，行人的影子，還有行道樹的影子、電線桿的影子中。

雖然夜叉丸舅舅大叫著：「不要停下腳步」，但也被四面八方的影子擋住了去路，愣在人行道正中央。小結他們都站在一起，魍魎從四面八方的影子中同時向他們伸出了長長的觸手。

好幾十個、好幾百個像黑線般的觸手從街頭的影子中勾勒出巨大的弧度，伸向小結他們四個人，簡直就像有人拉了黑色的拉砲。

「快、快跑！快跑！快跑！反正跑去河流那裡就對了！」

抱著小萌的夜叉丸舅舅說完，立刻跑了起來，小結和小匠也跟著一起奔跑。

但是，魍魎的黑色觸手立刻纏住了小結他們的身體。

無論手臂還是雙腳，身體、腦袋還有後背……，全身都被黏稠的黑絲纏繞，完全無法動彈。水溝裡的黑霧越來越多，簡直就像是巨大的怪物般抬起頭，向小結他們的方向探出身體。行人腳下的影子也都搖晃起伏著。

好幾百個觸手連在一起，交錯糾結，彷彿變成了一層黑紗，試圖包圍小結他們的身體。小結拚命掙扎，想要逃離那些黑紗，但是聽到了很微弱很微弱的聲音。

「我要身體……」

「給我身體……」

「我要身體……！」

聲音就像氣泡般從蠕動的黑紗中冒出來，然後又消失，消失之後又再次湧現，不停地對小結呢喃。

當小結想要撥開已經爬到胸口的黑紗時，她第一次看到了那些傢伙。黑霧中，有無數無形的東西在蠕動，就像變形蟲般不斷改變外形，聚集在一起，試圖爬上小結他們的身體。

「給我身體……」

「給我身體……」

這些無形的魍魎聚集在一起，所以看起來像黑霧。無數魍魎聚在一起蠕動，試圖爬上小結他們的身體。

小結吞下驚叫時，同時發生了兩件事。

小狐丸從懷裡不知道拿出什麼東西丟向魍魎不斷湧出的水溝，看起來像是符紙般細長形的紙，那張紙在半空中飄了幾下，好像紙飛機般飛進了水溝。

黑霧中頓時發出了好像慘叫般的聲音。

嘎嘰、嘎嘰、嘎嘰、嘎嘰……。

魍魎發出了好像擠壓聲般的尖叫，膨脹的黑霧又退回了水溝，小

結可以感受到纏住身體的黑紗也鬆開，退到了腳下。

「那是伏見稻荷的符紙！」夜叉丸舅舅大叫著。

「趕快！趁現在快跑！」

就在這時，被舅舅抱在手上的小萌直直地指向一個方向叫了起來：「那裡！在那裡！你們聽，在叫我們！杉樹在叫我們！叫我們去那裡！」

所有人都看向小萌手指的方向，發現前方有一座小寺院，山門旁有一棵杉樹。

「舅舅，趕快！趕快去那座寺院旁邊那條路！」

夜叉丸舅舅聽到小萌的叫聲，立刻拔腿狂奔。

「快跑！快跑！快跑！」

夜叉丸大喊著，抱著小萌，不顧一切地跑向寺院大門。

小匠和小結完全搞不清楚狀況，也跟著舅舅跑了起來。

他們轉眼之間就跑到寺院前，衝到寺院和隔壁民宅之間的小巷。那條小巷真的很窄，只能勉強讓一個人通行，在房子和房子之間筆直通向深處。

這條小路到底通往哪裡？前方會不會是死胡同？他們完全沒有時間思考這些事，抱著小萌的夜叉丸舅舅、小匠和小結都拚了命在小巷中奔跑。

地上都是房子的陰影，但是深色的陰影中不見魍魎的影子。為什麼？難道是因為那些傢伙都集中在大馬路上，所以沒有進入小巷嗎？還是山門旁的那棵杉樹不僅指引小結他們進入這條小巷，而且還守護了這裡？為什麼那棵杉樹要叫小結他們來這裡？

一行人終於在圍牆之間的小巷前方看到了終點的亮光，這裡似乎不是死胡同。小結他們衝出了小巷。

「有橋在那裡！」

夜叉丸舅舅歡呼起來。

小結在河邊的路上張望，發現公車站前方有一座橋。

「太好了！有橋在那裡！」

精疲力盡的小匠無力地做了一個勝利的姿勢。

夜叉丸舅舅在橋頭停下，用力喘氣，看著天空表達內心的感謝。

「啊，這一定是言問杉出手相助！一定是言問杉指示那棵杉樹，指引我們來到這座橋！言問杉，太感謝了！」

這座橋下的河流並沒有鴨川那麼大，但是從這一側的河岸延伸向對岸山腳下的橋很大。

「……啊！這座橋……」

小結喘著粗氣時小聲嘀咕著。

她看過這座橋。她記得曾經走過這座橋。……不，而且不止一次，是兩次！小結終於想起來了。

原來是這樣……。從四條大橋去月光寺遺跡拜訪言問杉時曾經走過。然後從那裡去三十三間堂時，這座橋上的狐洞入口也打開了。我們又回到了這座橋上！

小結看向橋對岸的小山上，在山頂上看到了言問杉茂密的樹梢。

這或許真的是言問杉在指引他們。小結心想。

「喂！小狐丸！小狐丸在哪裡！趕快打開狐洞的入口！」

夜叉丸舅舅回頭看向剛才經過的小巷，大聲叫了起來。但是，小巷內不見小狐丸的身影，像昏暗隧道般的小巷內靜悄悄的。

小結內心湧現了不安。

「……小狐丸怎麼了……？」

小匠聽到小結的嘀咕，也擔心地看向小巷深處，幽幽地說：

「該不會被那些傢伙抓到了？」

小結他們剛才從大馬路跑進小巷時，小狐丸還在水溝上和道路的影子中跳來跳去，阻止魍魎進攻。魍魎向小結他們伸出觸手，小結衝進小巷之前，看到小狐丸踩住、踢開、橫掃那些觸手。

原本以為小狐丸也會馬上跟著他們跑進小巷……。

「喂！小狐丸！」

小匠再次大聲叫著小狐丸的名字。

這時，有什麼東西隱約出現在小結他們剛才從大馬路跑進的那條小巷入口。

所有人都同時倒吸了一口氣，瞪大了眼睛。

「是小狐丸！」

小匠興奮地叫了起來，但下一剎那，全身抖了一下，露出了可怕的表情。

小狐丸擋在小巷入口，用力張開雙手，似乎正在拚命阻止什麼進入，阻止那些黑色的東西——。阻止那些不斷膨脹、蠕動、隆起，好像黑霧般的東西——。

那些黑色的東西好像隨時會吞噬小狐丸。

「……不妙……」小萌說道。

「來……來了！魍魎大軍來了！」小匠大叫起來。

魍魎大軍勢不可擋，宛如掀起了黑色的海浪。

「快……快逃！那些傢伙快來這裡了！」

夜叉丸舅舅尖叫起來。就在這時。

小結他們周圍所有的聲音都消失了。

遠處馬路上的嘈雜聲、風聲、鳥啼聲、汽車喇叭聲全都消失了。

一片宛如身處水底深處的可怕寂靜中，夜叉丸舅舅又叫了一次。

「快跑！快跑！快跑啊！」

小結和其他人好像被雷打到般跑了起來。他們轉身背對著小巷，穿越了眼前的馬路，一個勁地跑向前方的橋上。

但是，無論他們怎麼跑，狐洞都沒有打開。他們好不容易來到了橋上，原本以為終於可以逃離京都了，但如果沒有擔任導航的小狐丸帶路，他們無法逃進狐洞。

小結他們在轉眼之間，就跑過了架在河上的那座橋。

怎麼辦？**怎麼辦**？**怎麼辦**？

小結來到橋的終點，轉頭看向後方，忍不住倒吸了一口氣。

「啊！」

黑霧湧出他們剛才經過的小巷出口，正向他們的方向湧來。濃密的黑霧慢慢湧到橋上。

小匠抓住夜叉丸舅舅的手臂，用力搖晃著問：

「舅舅！現在該怎麼辦？狐洞沒有打開！我們要逃去哪裡？」

「王八蛋！」夜叉丸舅舅沒有回答小匠的問題，反而罵了一句。

「那些傢伙吃掉了小狐丸嗎?!不行……沒有小狐丸怎麼行……。

沒有小狐丸，根本打不開狐洞的入口！我們逃不掉了！」

「我們逃不掉了！」

小匠大叫起來，「你不要說這種話，趕快想辦法啊！」

小結他們注視著從橋上慢慢逼近的黑霧，一步一步往後退。

路旁是銀杏樹和紅色鳥居，就是之前去月光寺遺跡時經過的稻荷堂的鳥居。

小結帶著求助的心情，抬頭看向鳥居後方的山上。言問杉從山頂俯視這裡，據說只要虔誠地對著那棵杉樹許願，那棵杉樹就會傳達神諭。小結忍不住在心裡大叫著。

拜託了！救救我們！請你協助我們擺脫眼前的困境！

當小結抬頭仰望紅色鳥居、鳥居上方的新綠樹梢，以及山頂的杉樹時，內心深處發出了開關打開的聲音。小結倒吸了一口氣，再次仔細看著鳥居。

她發現原本散落的拼圖拼在一起，答案就出現在她眼前。……簡直就像是言問杉向她傳達了神諭——。

「一定就是這個……。就是這裡……」

小結小聲嘟噥著，夜叉丸舅舅看著她問：

「妳是不是說了什麼？」

小結緩緩後退，指著鳥居上方的天空，一口氣小聲說道：

「你們看，言問杉就在那裡，我們剛才爬上山，從展望台往下看時，不是看到這裡嗎？看到這個稻荷堂和銀杏樹……。言問杉給我們的答案，是不是這裡？是不是就是這棵樹？」

小匠瞪大了眼睛，看著鳥居上方的銀杏樹樹梢。

「妳是說小萌寫的那些字嗎？鴨腳這兩個字是銀杏樹的意思……鴨腳下，就是銀杏樹下……。那棵銀杏樹就是這棵銀杏樹嗎？」

小結點了點頭說：

「因為言問杉可以看到的銀杏樹，不就是這棵樹嗎？言問杉好幾百年來，不是都一直在山上看著這棵樹嗎？所以言問杉告訴我們的銀杏樹，一定就是這一棵。」

小匠的眼睛瞪得比剛才更大，他的雙眼已經不再看向銀杏樹的樹梢，而是看著鳥居後方的銀杏樹樹根。

「所以……這就代表、寶物埋在這裡嗎？」

「嗚哇！哇！哇！不要說！不要說出來！」

夜叉丸舅舅抱著小萌，好像在跳舞般用力跺著腳。

「這下子那些傢伙不就知道了嗎？那些傢伙……那些傢伙……」

夜叉丸舅舅無法繼續說下去。因為他轉頭看向橋的方向，立刻張大了嘴巴，倒吸了一口氣。

小匠費力地擠出聲音說：

「……大事不妙了……」

小結也看到了眼前發生的狀況。黑霧迅速膨脹，剛才慢慢爬向這裡的黑霧好像突然加了蓬蓬粉般迅速長大，簡直就像黑色的積雨雲般在橋上抬起了頭。

「那些傢伙……來了。」

小結用沙啞的聲音嘀咕著。

「嗚哇！」夜叉丸舅舅大叫時，抬得高高的黑霧頂端頓時塌了下來，變成了黑色氣流，一口氣撲了過來。

「來了！」小匠尖叫起來。

小萌用力抱住了夜叉丸舅舅。

黑色氣流吞沒了周圍的風景，以驚人的速度逼了過來。

在起伏的黑色氣流中，響起了像氣泡般不斷冒出來的嘈雜聲。

「身體！」「身體！」「身體！」

「找到了！」「找到了！」「找到了！」

我們會被淹沒！

小結在心裡大叫。就在這時，黑色氣流以猛烈的速度和他們擦身而過，直直奔向紅色鳥居內。轉眼之間，就被吸入了銀杏樹下的地面，消失不見了。

當撲過來的黑色氣流消失在地面下方，周圍靜得讓人感到害怕。

小結、小匠、夜叉丸舅舅和小萌互看著，全都說不出話。

正當舅舅張嘴想要說話時，地面用力搖晃，幾乎把他們的身體頂了起來。

13

京城狐狸的寶物

「嗚哇……」

抱著小萌的夜叉丸舅舅差一點跌倒，伸出一隻手抓住了眼前鳥居的支柱。小結也抓住了另一根支柱，小匠抓住了豎在鳥居旁的牌子。那是觀光導覽的牌子。

搖晃很快就平息下來。在一片充滿緊張的寂靜中，小結他們直起彎下的身體，驚魂未定地看向四周。

「夜叉丸舅舅！」

小匠叫了一聲。

「什麼事？怎麼了？」

舅舅一臉緊張地看著小匠。

「你看這個！你看這塊牌子！這裡的稻荷神名字！」

小結看著小匠指著的牌子，也忍不住叫了起來：「啊！」

於千代稻荷

小結之前完全沒有注意到這裡有這塊牌子，也沒想到這裡的稻荷神和宗舟情人的名字一樣……，更沒想到寶物藏在這裡……。

這個稻荷堂和宗舟的情人千代有什麼關係嗎？

小結再次看向牌子，想仔細看一下上面寫的「於千代稻荷」的由來時，夜叉丸舅舅注視著銀杏樹的樹根，輕聲叫了起來。

「慘了……」

「什麼？」

小匠問道，夜叉丸舅舅對著他慌張地重複了相同的話。

「慘了！慘了！慘了！」

「什麼慘了？」小結問，舅舅無視她的問題，再次大叫著今天不知道說了幾次的話。

「快逃！」

舅舅的話音未落，就跑向剛才走過的那座橋。

「到底是……？」

小結的話還沒說完，就發現是怎麼回事。銀杏樹樹根附近的地面微微隆起，而且越來越高，好像有

什麼東西準備破土而出。那裡正是剛才魍魎變成黑色氣流消失的地方，小結產生了不祥的預感。

小結用力抓住了小匠的手臂。

「趕快離開！快逃！」

小匠也發現了地面正在隆起，聽了小結的話，臉色鐵青地輕輕點了點頭，搶在小結前面跑了起來。

姊弟兩人離開鳥居下方跑了起來，抱著小萌的夜叉丸舅舅已經跑到了橋上。

「快逃！快過來！不要磨磨蹭蹭！」

舅舅停下腳步，看著他們叫了起來。

小結和小匠也跑到橋上，但是，小匠終於忍不住回頭看了一眼。

「是狐狸！」

小匠大叫一聲後，停下了腳步。在橋上全速奔跑的小結無法閃過突然停下腳步的弟弟。

「嗚哇！」

小結和小匠撞在一起，同時跌倒在橋上。

「喂！你幹嘛突然停下來！」

小結趴在橋上，數落著跌坐在地上的小匠，緊張地看向後方。

就在這時。

那個傢伙破土而出，從地面站了起來。那是一個黑色的龐然大物，四隻腳站在地上，抖了一下身體，想要甩開身上的泥土。

「是狐狸！」

小結也忍不住說了和小匠相同的話，小匠也瞪大了眼睛，看著那個傢伙。

那的確是一隻滿身是泥土的狐狸。

「喂！快跑！在幹什麼！快！那傢伙會過來！那傢伙會過來！」

夜叉丸舅舅大聲吼叫著。那個傢伙又用力抖了一下身體，縱身一躍，穿越了鳥居，跳到了馬路上。第二次跳起後，就來到了橋上。

傍晚的光線清晰地映襯出滿身是泥的那傢伙。

是狐狸。是如假包換的狐狸。黏在身上的深色泥土下，露出斑駁的棕毛。……頭上兩個三角形耳朵豎了起來，鼻子尖尖的。

渾身是泥土的狐狸在橋上衝了過來。……不，應該說準備衝過來，只不過很奇怪的是，狐狸的四隻腳動作很不協調，也很笨拙，掙扎著在橋上前進，就像是電池耗盡的玩具，隨時都會跌倒。

「那傢伙是怎麼回事？」

小匠仍然坐在地上，幾乎快笑出來時，那隻狐狸縱身一跳。沒想到那傢伙輕輕一跳，就一下子縮短了和小結他們之間的距離，已經來到他們面前。

小結近距離看著渾身是泥土的狐狸時，才終於發現那隻狐狸的眼睛有金色的虹彩，眼眸似乎有裂痕，而且渾身散發出臭酸的泥土味和腐葉的味道——。

眼前並不是小結他們熟悉的狐狸，也不是普通的狐狸，而是不好的東西……。小結可以明確感受到，這個傢伙不是好東西。雖然有著狐狸的外形，但是那個傢伙渾身散發出邪惡的感覺，這種可怕的感覺讓小結背脊發冷。

「快逃！我叫你們快逃，有沒有聽到！」

夜叉丸舅舅在另一側橋頭轉頭看了過來，拚命大叫著。

渾身泥土的狐狸發出了吼叫聲，張開的大嘴似乎在笑。

即使想逃，兩隻腳也不聽使喚。在狐狸那對金色眼睛注視下，小結和小匠在橋上動彈不得。

狐狸壓低身體，準備撲向小結姊弟。那傢伙壓低了腰，壓下了頭，四隻腳用力，打算一下子撲過來。乾巴巴的尾巴左右慢慢搖晃，似乎正在等待時機。

小結發現狐狸踩在地上的前腳開始用力。

要撲過來了？

小結忍不住用力閉上眼睛，和小匠抱在一起。她的順風耳捕捉到狐狸的動靜，酸臭味飄了過來。狐狸就在眼前，和魍魎不同，並不是完全沒有動靜，而是真切存在的邪惡東西。

「小結！快逃！小匠！快跑！」

小結聽到夜叉丸舅舅發出悲痛的叫聲，但是她無法動彈，已經來不及了。

這時，小結的順風耳聽到了尖銳的聲音。

有什麼東西從另一端的橋頭飛了過來。

只聽到咻的一聲，撕裂空氣的低沉聲音。

是鳥嗎？**還是箭**？**或是小石頭**？

那樣東西一下子飛過小結他們的頭頂，飛向那隻狐狸。

只聽到咚滋一聲沉悶的聲音，然後有什麼東西倒下了。

小結膽戰心驚地睜開了眼睛。

「啊啊！」

小結和小匠同時叫了起來。剛才準備撲向他們的狐狸倒在橋上！四隻腳伸向不同的方向，好像被壓扁般癱在橋上！

有什麼東西在那隻狐狸的頭頂上反射著光。是刀子！刺中狐狸腦袋的刀子在發光！狐狸的腦袋被刀子穿破，被釘在橋上，躺在那裡。

「嗚，嗚哇！有什麼東西跑出來了，黑色黏稠的東西從狐狸的身體下面流出來了！」

小匠緊緊抓著小結，用顫抖的手指著癱在地上的狐狸。

小結也看到了，比黑霧更濃的黑色黏稠東西從滿身是泥的狐狸身體下面滲出來，從橋的欄杆縫隙中流入河中。隨著這些黑色東西流出，狐狸的身體越來越扁，越來越小。

「什麼？那是什麼？」

小結自言自語地問。

「那是進入狐狸身體的怨靈和魍魎逃走了。」

小結回過神，發現夜叉丸舅舅已經跑過來，站在她和小匠身後。

「至少暫時可以鬆一口氣了。寶刀精準地刺中了眉間的要害，魍魎也只能逃命了。」

被舅舅抱在手上的小萌一臉緊張地低頭看著躺在橋上的狐狸，小聲地問：

「狐狸死掉了嗎？」

夜叉丸舅舅聽了小萌的問題，緩緩搖了搖頭說：

「並不是死了，而是一開始就沒活過。」

「……？」

小結忍不住抬頭看著舅舅，然後又看向滿身是泥土的狐狸。黑色黏稠的東西仍然持續從狐狸的身體流出來，兩條黑色的東西從前腳的腳尖流出，然後從橋上流入河裡。狐狸的身體越縮越小，而且變得很扁，完全沒有厚度，簡直就像是狐狸皮地毯鋪在橋上。

夜叉丸舅舅低頭看著好像狐狸皮地毯的狐狸，緩緩地說：

「這就是寶物。」

「什麼？」

小結和小匠同時反問。他們聽不懂舅舅這句話的意思。

舅舅又靜靜地開了口。

「這是靈狐皮。……不，是靈狐蛻下的皮。我不是曾經告訴你們，伏見稻荷的靈魂長生不老，每隔一百年，就要蛻一次皮重生嗎？這就是靈狐蛻下的皮。」

「狐狸蛻下的皮？」

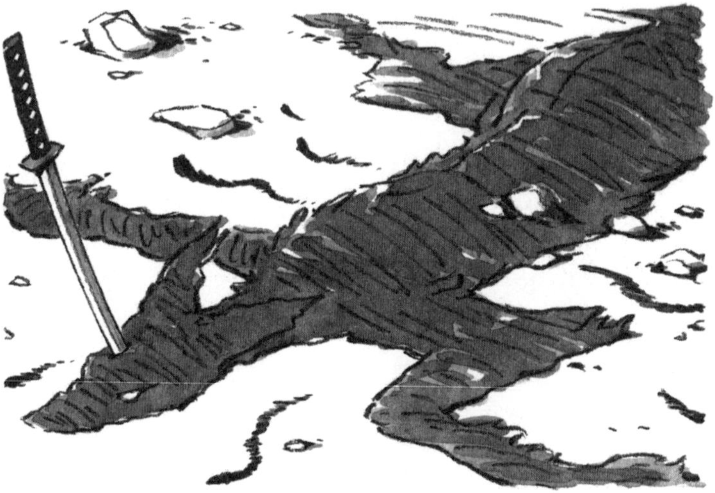

小匠瞪大了眼睛，看著橋上的狐狸……不，是狐狸蛻下的皮。舅舅點了點頭說：

「沒錯，宗舟送給千代的禮物，就是這塊狐狸蛻下的皮。宗舟為了避免魑魅魍魎和怨靈靠近，所以把驅魔刀包在裡面進行保管。宗舟的弟弟只看到宗舟用靈狐皮包住刀子，誤以為那把刀子才是寶物。宗舟為了謹慎起見，送給千代時，也同時把刀子送給了她。三百年前，宗舟特地趁稻荷祭的時候，把寶物……也就是靈狐皮從山上拿出來，也是避免被魍魎盯上。」

小結看著腳下的狐狸皮問舅舅：

「但是，宗舟又不是像我爸爸那樣的怪人，怎麼可能把這種東西送給情人當禮物？女生要這種狐狸皮幹嘛？而且魍魎為什麼想要這種東西？如果是我，絕對不想要這種東西。千代收到這種禮物，竟然答應嫁給宗舟。照理說，女生收到這種東西會生氣。尤其是年輕女生……」

「妳要搞清楚，這是靈狐的皮，是長生不老的狐狸的皮，和普通的狐狸皮不一樣。」

夜叉丸舅舅瞪著小結說：

「妳以為魍魎為什麼這麼想要狐狸皮？因為這塊皮有生命力。」

「生命力？」小匠插嘴問：「這塊皮還活著嗎？」

「和活著有點不太一樣。」

舅舅向他們說：「即使長生不老的狐狸蛻下這身皮之後，這身狐狸皮上仍然有靈狐的強大生命力，所以沒有身體的魍魎和怨靈無論如何都想得到這身皮。只要有了靈狐的皮，那些傢伙就可以同時得到兩樣求之不得的東西。」

「兩樣？」

小結問，夜叉丸舅舅一臉嚴肅地回答說：

「就是可以附身的『身體』和『生命』，只要附身在靈狐的皮上，那些傢伙就重新獲得了生命，也可以自由自在地行動，附身在其他東西上就沒辦法做到這一點。如果附身在貓狗的屍體上，很快就會腐爛；附身在老舊的物品或擺設上，就無法活動；如果想要霸占人類的身體，就必須先趕走人類的靈魂，這件事可沒那麼容易，也不容易成功，所以對那些傢伙來說，靈狐的狐皮是世界上最理想的東西，是可以同時得到身體和生命的寶物。」

小匠問舅舅：

「但是，對千代來說呢？即使再怎麼珍貴，即使是魍魎眼中最佳的寶物，但是人類的女生根本不需要這種東西吧？她會因為收到這種禮物就答應嫁給宗舟嗎？」

夜叉丸舅舅輕輕喘了一口氣，一臉嚴肅地點了點頭說：

「當人類把靈狐的皮披在身上，會發生神奇的事。……披上狐皮的人會變成狐狸。……只要披上狐皮，就會變身成為狐狸……」

「啊！」

「騙人的吧！」

小匠和小結忍不住驚叫起來。

「我沒有騙你們。」

夜叉丸舅舅說這句話時，才終於把小萌放了下來。小萌可能覺得橋上的狐狸皮很可怕，緊緊抱住了小結。舅舅摸著帽子，看了一眼天空後，繼續說了下去。

「我們所有人都搞錯了，無論是宗舟的弟弟、美津屋，還是京城狐狸的老爺爺，我們把錯誤的東西當成了寶物，然後找遍整個京都。我們一直以為宗舟為了取悅人類的小姐，所以想要送她一件無價之寶，於是認定那把刀就是宗舟送的禮物。因為在人類的世界，也有很多人收藏刀劍這種寶物，而且也的確價值不斐。大家都以為宗舟用這種稀有而高貴的禮物取悅情人。

但是，事實完全不是這樣。宗

舟不惜冒著生命危險，偷走了和人類的小姐結婚時，無論如何都需要的東西，然後送給了她，這就可以解釋小匠的時光眼看到那天晚上在革堂發生的情況中，令人難以理解的最後一幕。從樹叢後方跑出來的狐狸就是千代……不，是變成了狐狸的千代。」

小結和小匠沒有說話，互看了一眼。夜叉丸舅舅繼續說：

「宗舟死去的那一年是正德一年，西元一七一一年，那一年距離靈狐第一次降臨在深草山上的七一一年，剛好滿一千年，所以那一年二月初午的日子，靈狐應該在三之峰深山的某個地方蛻了皮。京城狐狸小心翼翼地把靈狐留下的皮放在寶物倉庫保管，避免被魑魅魍魎或是怨靈搶走，然後在伏見稻荷十月舉行的火焚祭的齋壇燒掉。因為只有火焚祭的火，才有辦法燒掉靈狐的皮，其他的火既無法燒掉，也無法破壞靈狐的皮。」

舅舅又喘了一口氣，思考片刻後，深有感慨地說：

「我應該想到這件事。既然狐狸宗舟真心想和人類的小姐結婚，這無疑是最出色的禮物……。而且那一年剛好是百年一度的大好機會。靈狐在二月蛻的皮一旦在十月被燒掉，要相隔一百年之後，才有下一次機會。

宗舟一定用假狐皮把寶物倉庫內的靈狐皮調了包，然後把真靈狐皮偷出來，所以稻荷山的狐狸都沒有發現，這個祕密一直守了好幾百年。宗舟和人類的小姐賭了這個百年一次的機會，代表他們的真心。

千代為了和宗舟結婚，決定要變成狐狸。……不，她應該打算變成狐狸後，以狐狸的身分生活。這就不難理解千代為什麼會約宗舟在革堂見面了，因為她打算在那個和皮革有淵源的寺院，披上狐皮等待宗舟。但是，沒有人想到這一點，因為沒有人認為宗舟和千代真心相愛，所以才會犯了這麼大的錯，三百多年來，一直誤把錯誤的物品當作是寶物。

「言問杉想告訴我們這些事。」小結說：「想要告訴我們，宗舟和千代是真心相愛，也想告訴我們，真正的寶物到底是什麼。為了告訴我們這些事，才讓小匠的時光眼看到了三百年前發生的事，才讓我們在京都內東奔西跑，對不對？」

夜叉丸舅舅點了點頭說：

「嗯，我想就是這樣，而且言問杉說的那些好像暗號般一長串的話，搞不好是千代寫給宗舟最後一封信的內容。千代用那封信通知了宗舟見面的地點，而且為了萬一被別人看到信的內容，也不知道他們約定的地點，用猜謎的方式告訴了宗舟見面的地方。因為小匠不是聽到美津屋的老闆娘說：『即使妳試圖用謎題的方式隱瞞』這句話嗎？」

「啊……沒錯，她的確這麼說。」小匠點了點頭。

「所以言問杉知道千代藏在樹洞中的那封信寫了什麼內容嗎？」

小結說話時，轉頭仰望橋的另一端的山上。山頂上的言問杉一直看著他們。

站在小結身旁的夜叉丸舅舅也抑頭看著言問杉說：

「也許美津屋誤以為是寶物，然後交給月光寺保存的那把刀在火災中燒毀消失了。我第一個問題就問錯了，把根本不是寶物的東西誤當成寶物，試圖尋找這個世界上根本不存在的東西。……所以言問杉才想方設法告訴我，那並不是我該找的寶物，言問杉無法原諒所有人都誤會了三百多年。」

「雖然現在知道了言問杉想要告訴我們的話，但是言問杉說的『正確的對象』是什麼意思？」

小結問。

「為什麼只有我、小匠或是小萌才能發問？『正確的對象』是什麼？」

夜叉丸舅舅抓著頭說：

「我也是剛剛才終於想到這件事……，我知道我們原本想要找的寶物並不是真正的寶物，所以言問杉要求我們去找真正該找的東西，同時會告訴我們寶物的下落……。但如果是這樣，只要叫我們找出『正確的問題』就好，我搞不懂『正確的對象』是什麼意思。但是，剛才在四處逃命時，突然靈光乍現，終於知道為什麼我不行，而是必須由你們發問……」

「所以到底是為什麼？為什麼非要由我們發問？」

小結又問一次。舅舅輪流看著小結、小匠和小萌，然後回答說：

「因為你們既不是狐狸，也不是人。」

「既不是狐狸，也不是人？」

小結重複了舅舅說的話，忍不住歪著頭納悶。小結他們三個人的確既不是狐狸，也不是人類，而是狐狸媽媽和人類爸爸的孩子，但

是，那又怎麼樣呢？為什麼言問杉要求既不是狐狸，也不是人類的小結他們，問正確的問題呢？

夜叉丸舅舅繼續對著歪頭納悶的小結他們說明。

「是因為寶物倉庫咒語的關係。我之前不是告訴過你們，寶物倉庫大門上的咒語，保護了京城狐狸的寶物嗎？『無論狐狸還是人類，皆不可將此倉庫內寶物攜出。此倉庫寶物之事，不可告訴任何狐狸或人類。違者將立刻觸怒稻荷大神。』——沒錯，一旦有人偷走寶物，就會受到神的懲罰，不僅如此，也不可以把寶物的事告訴狐狸或是人類。事實上，沒有人知道寶物倉庫內到底有什麼東西，因為一旦說出寶物倉庫裡有什麼寶物，是什麼樣的寶物，就會遭到懲罰。即使是言問杉，也不能破壞這個禁令，即使知道真正寶物的下落，也不能隨便告訴別人，因為禁令規定『不可告訴任何狐狸或人類』。

所以言問杉無論如何都想告訴你們，因為這個三百年前的真相，除了你們以外，無法告訴任何人。為了把真正寶物的下落告訴既不是人類，也不是狐狸的你們，於是擄走了小萌，告訴她暗號，然後當我們去那些地方後，就透過小匠的時光眼，讓他看到當時真正發生的事。正因為我剛才發現了這件事，所以現在才能把寶物的事告訴你們。因為你們姊弟三人是難得一見、沒有觸犯『不可告訴狐狸或人類』這個禁令的存在。

也許這次也是因為你們來到京都，京都的魍魎才會發現宗舟寶物的事。因為你們是特殊的存在，你們來到京都，又去了言問杉前，所以可能刺激了那些傢伙的本能。」

這樣啊……，原來是這樣……

小結在內心點著頭，再次抬頭仰望山頂的言問杉。夜叉丸舅舅和小匠也都默默看著聳立在山頂的杉樹，只有緊緊抱著小結的小萌注視著和大家相反方向的河對岸。

「那個……」

小匠仍然抬頭看著杉樹，問夜叉丸舅舅：

「雖然大致情況都瞭解了，但還有一個問題，剛才刺中狐狸腦袋的那把刀子，是從哪裡飛過來的？是誰丟了那把刀？」

夜叉丸舅舅正打算開口回答這個問題，小萌指著河對岸說：

「有人來了。……啊，是那個爺爺，是京城狐狸的老爺爺。」

14 小狐丸

小結他們回頭一看，橋中央的後方好像被氤氳吞噬，後方的風景微微搖晃著。京城狐狸的老爺爺從那座橋上緩緩向他們走來。他戴著獵帽，拄著拐杖，慢條斯理地走來，好像在散步中途順便繞過來這裡。

老爺爺終於走到小結他們面前，停下腳步後，把拐杖夾在腋下，懶洋洋地拍著手。

「啊呀，精彩，真是太精彩了，你竟然找到了寶物，太感謝了，

大感謝了。」

雖然老爺爺嘴上說著「感謝」，但他的態度完全看不出來有任何感謝，而且他嘴上說「精彩」，也完全沒有露出佩服的態度。

老爺爺看著小結他們身後的那張靈狐的皮，點了點頭說：

「嗯，嗯，夜叉丸，我聽到了你剛才說的話，原來如此，刀子只是驅魔的守護刀，真正的寶物不是刀子，而是這個，連我都沒有發現這件事。不過，你們找到了這個，真是太好了，幸好沒有被那些魍魎搶走。」

「請問……」

小匠似乎終於忍不住了，探出身體問：

「剛才那把刀子是你丟的嗎？是你一刀就命中了狐狸嗎？」

京城狐狸的老爺爺沒有回答這個問題，看著刺中狐狸腦袋的那把刀笑了笑說：

「告訴你們一件事，在刀劍中，用經過千錘百鍊的鋼鐵打造的名刀，具有強大的驅魔效果。

剛才真的是千鈞一髮，在那些傢伙和狐皮合為一體之前，剛好趕上了，太幸運了，真是謝謝小狐丸……」

「啊？」

小結和小匠互看了一眼，這次由小結發問：

「所以是小狐丸丟那把刀嗎？小狐丸平安無事嗎？他在哪裡？」

小結他們東張西望著，老爺爺發出了「喝、喝、喝」的笑聲。

說話的是一旁的夜叉丸舅舅。

「不，不是，不是小狐丸丟這把刀，而是這把刀就是小狐丸。」

「什麼？」

小結和小匠，還有小萌都異口同聲叫了起來。老爺爺似乎覺得很有趣，又「喝、喝、喝、喝、喝」地笑了起來。

夜叉丸舅舅說：

「我剛才看到射中狐狸腦袋的這把刀，突然想起來了。我之前就覺得好像曾經在哪裡聽過小狐丸這個名字……，看到這把刀子，終於想起來了。」

夜叉丸舅舅注視著插在狐狸頭上的那把刀，繼續說了下去。

「小狐丸是著名的刀鍛冶工三條小鍛冶宗近製作的寶刀名字，而且並不是普通的寶刀而已，是和狐狸有很深淵源的特殊寶刀。宗近在至今仍然留在伏見稻荷、名叫『劍石』的石頭下打造了那把刀。當時，有一隻狐狸在一旁幫忙。據說小狐丸的寶刀名字，也是那隻狐狸取的。」

小結他們都目瞪口呆地看著眼看的刀子，夜叉丸舅舅繼續說道：

「小狐丸……我們的保鑣就是那把寶刀的化身。」

「小狐丸……是刀的化身……」

小結重複了舅舅說的話，再次打量著刺中狐狸的刀子。

京城狐狸的老爺爺心情愉快地說：

「小狐丸之前在人類的手上，如今是我們狐狸族的守護刀。不瞞你們說，刀工宗近在打造這把刀時，擔任他助手的狐狸，是我們家族的祖先，是比宗舟更早的祖先，名叫小鍛冶狐狸，京城狐狸沒有人不知道他的名字。手上有這把刀，就被認為是小鍛冶狐狸的後裔，可以自由出入狐洞。只要有小狐丸，妖魔鬼怪也不敢輕易靠近，所以我讓小狐丸擔任你們的保鑣。我真是老糊塗了，自己用刀子驅魔，卻完全沒想到宗舟也做了同樣的事。」

老爺爺又發出了「喝、喝、喝」的笑聲。

「那我就帶寶物回家了，在十月火焚祭之前，必須徹底封印起來好好保存，以免被其他狐狸發現。」

京城狐狸老爺爺說完，走過夜叉丸舅舅身旁，來到靈狐皮旁。

老爺爺輕輕鬆鬆地拔起來插在狐狸頭上的刀子，向空中一丟。結果竟然發生了奇怪的事。刀子轉了一圈之後，變成了小結他們熟悉的牛若丸裝扮的男孩。

「小狐丸！」

小結興奮地叫了起來，小狐丸像之前一樣搖晃著盤了髮髻的腦袋，笑著點了點頭。

接著，老爺爺又從胸前口袋拿出了漂亮的紫色胸巾。……不，不是胸巾。老爺爺輕輕一丟，原本四方形的紫色小布突然變成了差不多有兩張榻榻米大的布，蓋住了橋上的狐狸皮。原來是一塊紫色的大包袱巾。

小結他們一臉茫然地看著包袱巾以迅雷不及掩耳的速度把狐狸皮包了起來，最後變成可以抱在手上的小包袱。小狐丸拿起了包袱，抱在胸前。

京城狐狸老爺爺不動聲色地看著這一切，看到靈狐皮順利收好之後，從長褲口袋裡拿出了一樣東西。那是差不多手掌大小的束口袋。

老爺爺把沉甸甸的袋子遞給夜叉丸舅舅說：

「謝謝你，這是我們之前談好的報酬，因為你順利找到了寶物，所以我也增加了報酬。」

夜叉丸舅舅雙眼發亮地接過了袋子。

「真是太好了，太感謝了。下次有什麼事，也歡迎隨時找我。」

舅舅說完，眉開眼笑地向老爺爺深深鞠了一躬。

京城狐狸的老爺爺突然想起了什麼事，轉頭看向身後那座山。老爺爺注視著山腳下的紅色鳥居，瞇起了眼睛。

「我平時散步時，經常經過那裡的於千代稻荷，完全沒有想到要找的東西一直埋在那裡，簡直太諷刺了。因為我們狐狸一族並不知道宗舟情人的名字，所以完全沒想到那座稻荷神社竟然和那位小姐有關。」

小結想起了剛才原本想看觀光導覽牌子上的說明，於是戰戰兢兢地問京城狐狸的老爺爺：

「請問……那座稻荷神社的由來是什麼？為什麼會叫於千代稻荷？」

老爺爺收回了原本看著鳥居的視線，看著小結，緩緩開了口。

「很久以前，這一帶的山麓經常有狐火飛來飛去，村民都很害怕。有一次，有一個名叫千代的老婦人在這裡建了稻荷堂祭祀後，狐火就沒有再出現，所以就用建了稻荷堂的老婦人名字，稱之為於千代稻荷。」

「老婦人？」

小結忍不住問，老爺爺點了點頭說：

「沒錯，建造稻荷堂的千代是老婦人。為了這次的尋寶，我調查了很多資料，然後發現宗舟情人的那位小姐年幼的時候，她的親生母親死了，她的父親續弦的後母對她很刻薄。」

「刻薄？」

小匠聽不懂這兩個字的意思，納悶地歪著頭，夜叉丸舅舅在一旁向他說明：

「就是不疼愛她的意思。」

京城狐狸老爺爺繼續說了下去。

「剛才聽夜叉丸說話時，我在思考一件事。千代從革堂逃走之後，到底去了哪裡。因為宗舟已經死了，她不可能在京城狐狸的山上生活，但是，我猜想她也不想回去逼死了宗舟的父母家。也許並不是她的父母把她送去遠方，而是她自己離開了京都。她可能披著狐狸皮變成狐狸，穿越山野，在遠離京都的某個地方靜靜地生活。

宗舟應該告訴千代，靈狐皮的威力，以及魍魎都想要把靈狐皮占為己有，千代應該知道宗舟最擔心寶物被魍魎搶走，所以她可能遠離了京都。為了保護宗舟付出生命代價送給她的寶物不被魍魎搶走，她主動離開了京都，在遠方生活。

在京都的人和狐狸都徹底忘記千代和宗舟的事，也忘記了寶物之後，她又悄悄回到了京都，那時候，千代已經上了年紀。」

老爺爺又看了稻荷堂一眼後繼續說了下去。

「宗舟的弟弟覺得宗舟因為遭到稻荷大神的懲罰而送了命，所以不敢把宗舟的屍體埋在深草的山上，據說悄悄埋在人類生活的地方……也就是京都的角落。以前在這一帶出現的狐火，可能就是宗舟的靈魂。千代上了年紀後回到京都，看到月光寺附近河邊的狐火，察覺到宗舟的屍骨就埋在那裡，於是就在宗舟長眠的河邊，在銀杏樹下建了稻荷堂，把宗舟留下的遺物悄悄埋在樹下。我猜想千代應該選在稻荷祭的時期，悄悄把寶物帶回京都，埋在泥土下，以免被魍魎發現。否則無法解釋寶物為什麼會埋在這裡。

於是，這三百多年來，都受到了稻荷堂的保護，完全沒有人知道寶物的下落。」

京城狐狸老爺爺的嘴角露出了淡淡的笑容。

「你們猜，我們京城狐狸以前怎麼叫這個寶物嗎？」

老爺爺輪流看著小結、小匠和小萌的臉笑了起來，似乎覺得很有趣。小結他們紛紛回答：「不知道」、「不曉得」、「不清楚」。

「『千代衣』……因為是可以活千年、萬年的狐狸的皮，所以稱為千代衣。」

夜叉丸舅舅露出驚訝的表情看著老爺爺問：

「……你說出這個名字、沒問題嗎？怎麼可能輕易說寶物的事……」

老爺爺笑著搖了搖頭。

「沒關係，沒關係，這幾個孩子既不是狐狸，也不是人類，而且，目前這座橋的周圍有一個小結界。從剛才開始，這裡發生的一切，都不會被別人知道，也包括我剛才說的話。」

老爺爺說完，又緩緩轉頭看向稻荷堂。

「宗舟可能是因為他的情人名叫『千代』，所以才想到把靈狐皮送給她。靈狐每隔一百年才會蛻一次皮，宗舟愛上的人又剛好叫『千代』……。他一定覺得是命運的安排，所以他不惜冒著生命危險，把『千代衣』送給了千代。」

老爺爺說完後，仰望著在鳥居上方俯瞰一切的言問杉，合起雙手，微微鞠了一躬。

「言問杉，我的確接收到了神諭。今天和宗舟死去的那一天一樣，也是稻荷祭的最後一天，也許是宗舟借用了言問杉的力量，告訴我們狐狸一族當年的真相，和真正寶物的下落……。

謝謝，萬分感謝。」

這時，橋上吹起一陣強風，樹木在風中發出了沙沙的聲音，遠處的鳥兒在啼叫，還有車聲和人聲。烏鴉在西方的天空中發出叫聲。

消失的聲音又回來了。

京城狐狸的爺爺在小結他們面前抬頭看向天空。

「啊啊，結界消失了。那我來打開通往你們家的路。」

老爺爺說完，收起了剛才的笑容，露出銳利的眼神，輪流看著小結、小匠、小萌和夜叉丸舅舅。

「但是，在你們回家之前，要提醒你們一件事。你們要忘記今天在這座橋上看到的、聽到的所有事，絕對不可以告訴不知道這件事的人。如果你們隨便亂說話，萬一我們一族的祕密被其他狐狸或是人類知道，到時候就別怪我不客氣。你們千萬要記住這句話，可以嗎？這不是威脅，你們千萬要記住，京城狐狸向來言出必行，無論是好的約定還是不好的約定，都會說到做到。」

小結他們在京城狐狸老爺爺銳利的眼神注視下，心慌意亂地點了點頭。

「好了，」老爺爺說，「那就為你們打開通道，你們家是在東方吧？」

老爺爺轉身面對於千代稻荷的方向。老爺爺背對著夕陽站在橋上，對著稻荷堂的方向開始拍手。他就像在拜拜時拍手一樣，啪、啪、啪、啪連續拍了好幾次手，而且拍得很大聲。空氣也隨著他拍手的聲音震動起來，不僅如此，空氣在顫動，風景也在顫動，周圍的景色開始扭曲，光和顏色交織在一起，結果出現在小結他們面前的不是隧道，而是一道氤氳牆。

老爺爺不再拍手，退後了幾步。

「來吧，只要穿越這裡，馬上就到家。快回家吧，天快黑了。」

「謝謝。」

小結緊緊抓住小萌的手，向老爺爺鞠了一躬。

「拜拜。」

小萌向小狐丸揮手，小狐丸也笑咪咪地揮手道別。

小結也回頭看著小狐丸說：

「小狐丸，謝謝你當我們的導航和保鑣，要保重身體。」

對寶刀的化身說「保重身體」會不會有點奇怪……小結在說話時，心裡忍不住這麼想。

「舅舅，那你呢？」

小匠問，夜叉丸舅舅樂不可支地說：

「啊哈哈，我等一下要去京都狂歡，不必擔心我！」

「小萌也想去狂歡。」

聽到妹妹這麼嘀咕，小結當然態度堅定地對她搖頭說：

「不行，不可以去狂歡，我們要回家，和小季一起吃咖哩。」

「那就改天見。」夜叉丸舅舅說。

「路上小心。」京城狐狸的老爺爺說。

「再見。」「再見。」「拜拜。」

小結、小匠和小萌向橋上的其他人道別後，一起走進了氤氳牆。

氤氳牆包圍了他們，周圍的聲音頓時消失了，光在他們周圍打轉。當他們踏出第二步時，氤氳牆消失了，轉頭一看，那裡就是他們家那棟公寓的後方。

即使轉過頭，也看不到剛才的橋，京城狐狸老爺爺、小狐丸和夜叉丸舅舅都消失不見了，只看到通往後山那條路的入口。

小結、小匠和小萌用力呼吸著熟悉的家的空氣，你看著我，我看著你，有一種旅行了很多天，終於回到家的感覺。傍晚的風吹動著路旁的雜草，不知道哪一戶人家飄出了烤魚的味道。小萌的肚子發出了咕咕的叫聲。

15 星期六晚上

「你們爺爺的骨折根本沒什麼大不了。」

小季用湯匙舀了一大匙咖哩時告訴大家，小結、小匠、小萌和小季坐在家中的餐桌旁，一起吃著媽媽特製的咖哩。

「他不小心被裝滿水的保特瓶砸到腳，所以小拇趾的骨頭稍微出現了裂縫，但是爺爺慌忙叫了救護車，然後打電話給奶奶，奶奶和幾個老同學一起去北海道旅行了，接到爺爺的電話後，仍然決定按照原本的行程繼續旅行，後天才會回家。這也很正常，怎麼可能因為爺爺小拇趾有裂縫，就特地從北海道趕回家呢？爺爺越想越惱火，最後火冒三丈地打電話給你們爸爸，把爸爸叫去醫院。他可能不想孤單吧。所以你們的爸爸、媽媽會帶爺爺回家，今天晚上就住在爺爺家，明天才會回來這裡。而且奶奶明天也回家了。」

小結忍不住問了內心最在意的事。

「小季，妳今天一整天在我們家，不是冒充我們接了電話嗎？有沒有說了什麼奇怪的話，讓爸爸、媽媽起疑心？」

「沒問題啦。」

小季吃著咖哩，自信滿滿地掛保證，但立刻微微皺起眉頭，似乎想到了什麼。

「啊……，有一件事……。我用小結的聲音講電話時，你們的媽媽向我說明，爺爺是因為保特瓶砸到了腳，所謂骨折也只是小拇趾的骨頭有一點裂縫而已……。我聽了之後，忍不住大笑起來。因為爺爺

也未免太蠢了。」

「呃……」小結忍不住嘆氣，小季不以為意，繼續吃著咖哩。

「結果媽媽大吃一驚地問：『小結，妳怎麼了？』但根本小事一樁啦。」

小匠也不由得擔心起來，他問小季：

「我呢？妳在冒充我的時候，一切都順利嗎？」

小季皺起眉頭，似乎在回想，然後點了點頭說：

「幾乎都沒問題，但是你爸爸

接過電話時問：『有沒有寫功課？』所以我就回嗆了他。『開什麼玩笑？天底下有哪個白痴會在學校放假時寫功課？』結果你爸爸有點嚇到，在電話中問：『小匠，你怎麼了？』但這不算什麼疏失啦。」

「唉。」小匠也嘆著氣。

只有正忙著把福神醃醬菜鋪在咖哩上的小萌沒有問任何問題。

小季沒有理會一臉憂鬱的小結和小匠，很快吃完了第一碗咖哩，起身又去裝了一碗。當她回到餐桌前時，向小結他們探出身體。

「先不說這些，趕快說說你們的事。你們從剛才就一直閃避我的問題，情況到底怎麼樣？哥哥到底有沒有找到寶物？」

小結和小匠互看了一眼，小季看著他們悶不吭氣，一臉得意地說：

「哈哈，我知道了，一定是京城狐狸的老爺爺要求你們不能說，但是已經來不及了，因為在京城狐狸的老爺爺委託哥哥時，我已經從哥哥口中得知了大致的情況，而且我今天一整天都假冒你們，瞞過了你們的爸爸、媽媽，所以說，我也幫了忙，是你們的搭檔，怎麼可以只有我一個人不知道結果呢？

趕快把情況告訴我，如果你們不說，我就要把我知道的事都告訴齋媽媽，還要告訴你們的媽媽，你們自己想清楚。」

小結和小匠又互看了一眼，小季露出了狡滑的笑容，逼問小結他們：

「快說，快說，別再吊我的胃口了，既然你們想要隱瞞，八成是找到了寶物？是不是找到了宗舟送給他情人的那把寶刀？」

小匠終於忍不住說出了實話。

「找到的寶物並不是寶刀，而是靈狐的狐皮……」

小季露出驚訝的表情。

「小匠……！」

雖然小結瞪著小匠，但她也知道無法繼續向小季隱瞞寶物的祕密，因為小季已經知道他們要去尋寶，也知道宗舟送禮物的事……。京城狐狸的老爺爺只說不能告訴不知情的人，所以應該不會為這件事責怪他們。小結覺得因為夜叉丸舅舅在京城狐狸的老爺爺叮嚀之前，就已經告訴了小季，所以這也是無可奈何的事。

小結和小匠相互使著眼色，但小季並不在意，一臉陶醉地說：

「哇！原來是這樣！我聽哥哥說，宗舟是在一七一一年死的，好浪漫。剛好距離靈狐第一次出現滿一千年……他們在百年一次的靈狐蛻皮那一年相遇，然後墜入了情網。哇！好感人！真是命中註定！」

小結和小匠一臉無奈地看著獨自興奮的小季。

「但是……」小匠幽幽地開了口，「千代根本不用變成狐狸，宗舟不是變身高手嗎？不是可以變身成人類，在人類的地方生活嗎？就像媽媽也在人類的地方生活一樣……」

「嘖、嘖、嘖。」小季咂著嘴，露出得意的笑容說：

「事情沒這麼簡單，你不知道嗎？像你們家這樣，媽媽是狐狸，爸爸是人類的話，結婚之後生下的孩子就像你們一樣，是人類的外形，但如果是相反的情況，很有可能會生下狐狸外形的孩子。也就是說，宗舟一旦和千代結婚，生下的孩子可能是狐狸的外形，所以他們沒辦法在人類的地方生活。」

「啊……」小結倒吸了一口氣。因為她想起了之前在狐狸的宮殿聽到的事，的確就像小季說的那樣。如果父親是狐狸，母親是人類，就會生下狐狸外形的孩子，所以宗舟才會偷了靈狐的皮送給千代。因為即使他們結了婚，也無法在人類的地方生活，所以只能由千代變成狐狸，以狐狸的身分一起生活。……千代也回應了宗舟的想法，決心成為狐狸……。

小季吃完第二碗咖哩飯後，嘆著氣說：

「唉唉，真希望我也可以遇到願意送我靈狐皮的男朋友。」

小匠驚訝地看著小季說：

「咦？妳不是已經是狐狸了嗎？要靈狐皮有什麼用？」

小季嘟著嘴反駁說：

「我的意思是，要送我這麼用心的禮物。」

小結突然想到爸爸第一次送媽媽的禮物是蟬殼，忍不住覺得好笑。靈狐皮和蟬殼也未免差太多了，但是——。

但是，爸爸和媽媽最後有情人終成眷屬，然後生下了小結、小匠和小萌，爸爸和媽媽實現了宗舟和千代無法實現的夢想。

這時，客廳角落的電話響了起來。一定是爸爸或是媽媽打電話回來，他們打電話回來說晚安。

小季條件反射地準備站起來，小結站起來說：「我來接。」

小結接起電話，電話中傳來媽媽的聲音。

「喂？」

「啊，媽媽，我們剛吃完晚餐。」

電話中傳來爸爸的聲音。

「媽媽，妳可以請小結幫蜻蜓鳳梨澆水嗎？」

「姊姊，等一下換我講電話。」

小匠把最後一口咖哩塞進嘴裡說。

「要告訴爸爸、媽媽，小萌很乖，小萌很乖喲！」

小萌坐在咖哩盤子前大叫起來。

熟悉的家，熟悉的家人，熟悉的談話。小結今天對這一切感到格外親切。

雖然很理所當然，但又很特別——。因為爸爸和媽媽結了婚，所以才會有小結他們三個小孩。

「小結，妳有沒有聽到？爸爸請妳幫蜻蜓鳳梨澆水。」

「嗯，我聽到了，放心交給我吧。」
小結在回答的同時，在心裡悄悄地說。
媽媽，我很慶幸能夠成為妳和爸爸的小孩。

後記

信田家的故事終於來到了第八集。這次以京都為舞台，描寫了小結他們三姊弟和夜叉丸舅舅一起尋找三百年前寶物的故事。

七九四年，在京都建立了平安京這個首都，將原本一無所有的地方打造成政治中心的大都市，想必是浩大的工程。

據說古人在這項大工程中，最重視的是「打造一個惡鬼和怨靈無法靠近的城市」，平安京到處都可以看到避免怨靈和妖魔鬼怪靠近的設計，但是妖魔鬼怪仍然突破了這些防禦網，悄悄潛入了京城，怨靈也在京城的大街上逍遙，即使集結了佛教、神道和陰陽道的力量，仍然難以將這些棘手的東西趕出京城。正因為如此，京都留下了很多與怨靈和妖魔鬼怪相關的故事，當然也有很多關於狐狸的故事。

白狐留下了雨傘，避免了知恩院被火災燒毀；有狐狸變身成千利休的孫子，出色地表演了刷茶；還有狐狸協助鍛造師鍛造獻給後一條天皇的名刀等等，至今仍然流傳了許多個性豐富的狐狸佳話。

在這次的故事中，小結他們以像暗號般的內容作為線索，漸漸解開了謎題，故事中的寺院和設施，以及小結他們走過的路，經過的橋，很多都是京都實際存在的地方，所以這次請畫家大庭賢哉先生前往京都實地調查，很感謝大庭先生為本書畫了許多精彩的插畫。

希望各位讀者也在京都地圖中尋找一下那三個關鍵詞指向的最終地點，如果有機會，務必去京都走走。

到時候一定會驚喜地發現「啊，原來這裡就是小結他們來過的寺院」、「小結他們也走過這座橋」。

富安陽子

國家圖書館出版品預行編目資料

人狐一家親8：京城狐狸的寶物／富安陽子著；
大庭賢哉繪；王蘊潔譯. －－ 初版. －－ 臺中
市：晨星出版有限公司，2023.12
面；　公分. －－（蘋果文庫；153）
譯自：シノダ！都ギツネの宝
ISBN 978-626-320-717-2（平裝）

861.596　　112018949

填回函，送Ecoupon

蘋果文庫 153

人狐一家親8 京城狐狸的寶物

シノダ！都ギツネの宝

作者 富安陽子
繪者 大庭賢哉
譯者 王蘊潔
主編 呂曉婕
文字校潤 呂昀慶、蔡雅莉、呂曉婕
封面設計 鐘文君
美術編輯 黃偵瑜、呂曉婕

創辦人 陳銘民
發行所 晨星出版有限公司
台中市 407 工業區 30 路 1 號
TEL:(04)23595820　FAX:(04)23550581
E-mail:service@morningstar.com.tw
https://star.morningstar.com.tw
行政院新聞局局版台業字第 2500 號
法律顧問 陳思成律師
初版日期 西元 2023 年 12 月 15 日

讀者服務專線 TEL:（02）23672044 /（04）23595819#212
讀者傳真專線 FAX:（02）23635741 /（04）23595493
讀者專用信箱 service@morningstar.com.tw
網路書店 https://www.morningstar.com.tw
郵政劃撥 15060393（知己圖書股份有限公司）

印刷 上好印刷股份有限公司

定價 350 元
ISBN 978-626-320-717-2